脚本　土城温美、深川栄洋
ノベライズ　百瀬しのぶ

そらのレストラン

PARCO出版

大谷佐弥子(おおたにさやこ)さま

佐弥子さん、お元気ですか。

札幌での暮らしはどうですか？

佐弥子さんのいないせたなは、すこし、風景が色あせて見えるような気がしています。

せたなで暮らしてきた佐弥子さんが札幌に行って、札幌で生まれ育った私がせたなにいて。

なんだか不思議な気もします。

佐弥子さんとは十年間ずっと仲良くさせていただいたのに、私がここへ来た日のことは話していませんでしたね。

なので、手紙を書こうと思いました。

長くなるかもしれませんが、おつきあいください。


十年前のひどい吹雪(ふぶき)の日、私はタクシーに乗って、海が見える牧場を目指していました。

フロントガラスから見える景色は真っ白で、雪に埋もれた道で、もうこれ以上は進めないと、運転手さんは言いました。

「だったらここで降ります」

私はきっぱりと言いました。

「お客さん、どうする気?」

「歩いていきます」

そう答えると、運転手さんはやめた方がいい、と止めてくれました。

でも、私は反対を押し切って、タクシーを降りました。

一歩踏み出したとたんに、容赦なく雪が吹きつけてきました。

札幌のアスファルトの上を歩くのにはじゅうぶんだったスノーブーツは、すっぽりと雪に埋まってしまいました。

札幌の市街地でも、吹雪に見舞われたことはありました。学校や仕事帰りに吹雪にあって、びゅうびゅうと風に吹かれて、泣きそうになったことだってあります。

でも、ここ、せたなの吹雪は、札幌で体験した吹雪とはスケールが違いました。

上から降ってくる雪と、風で吹きつけてくる雪と、地面から舞い上がってくる雪と……。

静かに、淡々と、でも何かに向かって怒っているかのように、風と雪があらゆる方向から、吹き上げ、びゅうびゅうと渦を巻いていて、顔に吹きつけてくる雪の粒が痛いほどで。

私はストールを頭にぐるりと巻いて、一歩一歩、歩き出しました。

私はあの頃、とても苦しんでいました。

札幌では大きな会社に勤めていました。でも、ある日、会社に行こうとしたのに電車に乗れなくなってしまったのです。行かなくちゃと思っても、上司が私にぶつけてきた悪意や舌打ちを思い出して、足がすくんでしまうのです。そのことを、当時の恋人や、学生時代の親友に相談しても、私の考えすぎだと言われてしまい……。

私は人と接するのが怖くなってしまって、自分の部屋に引きこもっていました。

自分がとても損なわれたような気がしていました。

自分なんて価値がない。

そう思っていました。

そんなときに、実家のリビングに置いてあった雑誌で、海の見える牧場の記事を見ました。

ここに行けば、息が吸えるかもしれない。

そう思ったら、向かわずにはいられなかったのです。

私は無心で、吹雪の中を歩きました。
やがて、建物が見えてきました。
あれが、私の目指していた牧場の牛舎かもしれない。
私は、力をふりしぼって牛舎を目指しました。
ようやくたどりついて、シャッターをガラガラと開けて中に入っていくと、
そこに亘理（わたる）くんがいたのです――。

＊

冷凍庫のような牛舎で、設楽亘理(したらわたる)は白い息を吐きながら、黙々と敷き藁(わら)を整えていた。

あたりを包むのは、牛の鳴き声と、藁が立てるかさかさという音だけだ。

ただ無心で手を動かす亘理の耳に、ガラガラと、入り口のシャッターが開く音が聞こえてきた。

同時に、冷たい空気と、うなるような吹雪の音が牛舎内に入り込んでくる。

なんでシャッターが開いたんだ？

風に吹き飛ばされたのか？

心配になって見に行くと、ストールをぐるぐる巻きにした、見知らぬ女性が立っていた。両手で自分の体を抱くように震え、過呼吸なのかと思うほど荒い息をしている。その傍(かたわ)らには、雪まみれのスーツケースが置いてあった。

まったく状況はのみこめなかったが、亘理はとりあえず入り口に向かった。

一メートルほどの高さだろうか、シャッターが開いた部分から、四角く切り取られた雪景色が見える。もう午後遅い時間だし、太陽も出ていないのに、雪の白さで外は牛舎の中よりはほんのりと明るい。

「あ……あ」

亘理の姿を確認した彼女は、安堵(あんど)の吐息なのか、悲鳴なのか、よくわからない声を発した。急いで駆けていくと、彼女の歯が寒さでガチガチ音を立てているのが聞こえてくる。

「とりあえず閉めて！」

亘理はシャッターを閉めた。ようやく雪が、吹き込んでこなくなる。

「どうしました？」

亘理は女性の顔を改めて見た。顔の周りに巻いたストールから、大きな瞳がのぞいている。もともとなのか、それともこの寒さのせいなのか、顔は真っ白だ。少女のようにも見えるけれど、おそらく亘理のいくつか下ぐらいだろう。

一生懸命何か言おうとしているけれど、口からもれてくるのは荒い息だけだ。

ひとまず、彼女がゆっくり息を整えるのを待った。

「……ここって……海の見える牧場ですか？」

やがて彼女は、切れ切れに、言葉をつむいだ。

「春になれば見えますよ、きれーに」

亘理の言葉を聞いて、女性ははあ……はあ……と、荒い息交じりに頷いた。

今は真っ白だけれど、雪のない季節は、シャッターを開け放つと緑色の丘の向こうに、青い海が広がっているのが見える。夕方になると、あたりはオレンジ色に染まる。幼い頃からここに暮らす亘理にとってはあたりまえの光景だ。

「……あの、ここで働くにはどうすればいいんでしょうか？」

「今、人を雇う予定は……あ、僕のお嫁さんになれば働けますけど」

おどけた調子で言ってみた。三十代半ばで独身の亘理は、周りからは早く嫁さんをもらえ、と言われ続けている。ここ数年で相次いで亡くなった両親も、亘理の結婚を気にかけていた。

「ははは、冗談です」

照れ隠しに笑っていると、目の前の女性は突然意識を失い、その場に崩れ落ちた。

「うわぁ！　大丈夫ですかっ？」

亘理は慌てて声をかけた。

「ちょっと大丈夫？　ねぇ、あなた！　大丈夫ですか？」

必死で抱き起そうとしている亘理を尻目に、牛たちはのんびり鳴いていた。


とりあえずミルクを沸かし、マグカップに注いだ。

「どうぞ、あったまりますよ」

亘理は、意識を取り戻したこと絵にマグカップを差し出した。名前はついさっき、知ったばかりだ。でも、この人にはこと絵という名前がとても似合うなと思った。

ミルクから、湯気が立っている。こと絵の大きな瞳が一瞬、亘理を見上げたが、すぐにマグカップに視線を落とした。目を開けたり閉じたりするたびに音を立てるのではないかと思うほど、長いまつ毛をしている。お化粧はまったくしていないし、さっき倒れたせいで藁だらけになっているのに、こと絵はとても美しかった。

こと絵は小さく頷くと、両手でマグカップを受け取って、一口飲んだ。

はあ。

さっきまでの荒い息づかいではなく、ほっとしたようなため息をついた。その口元にかすかな微笑みが浮かんでいるのを見て、亘理も安堵の息をつき、さっき倒れたときにこと絵のコートのポケットから落ちた、雑誌の切れ端を手に取った。

「これ、うちですよね？」

折りたたんであった雑誌記事を開くと、海に沈む夕日を背に、牛のシルエットが浮かび上がっている写真があった。その下に『海の見える牧場を　幸せを運ぶ風が包み込む　北海道／せたな町』というタイトルがついた、旅行記が載っている。

「去年の夏、突然取材に来たんですよ」

そのときの記者から雑誌が送られてきたので、亘理も目は通していた。

『北海道西部の海沿いに位置するせたな町。ここは雄大な大地とどこまでも広がる空、そして広大な日本海という自然あふれる豊かな土地である。せたな町で六十年近く酪農を営む設楽牧場は42ヘクタールもの広大な敷地面積を……』と、設楽牧場が紹介されている。亘理の家は、祖父の代から牧場経営をしており、亘理は三代目の牧場主だ。父親が亡くなった後は、ひとりで牧場を切り盛りしていた。

ふっ……。

こと絵が大きく息をつき、うつむいた。

「どうしました？」

どこか具合が悪いのだろうか？　やっぱり病院に連れて行った方が？

亘理はこと絵の様子を観察した。静けさの中、お互いの息づかいだけが聞こえていた。

「よろしく、お願いします……」

こと絵は顔を上げ、しっかりと亘理を見て、言った。こと絵の目からはらはらと、大粒の涙がこぼれ落ちる。

「は？」

亘理は、いつも驚いているようだとみんなに言われるまん丸い目を、さらに丸くした。

＊

十年後――。

北の街の長い長い冬が終わり、ようやく春がやってきた。雪が溶けて桜前線が通過し、新緑が芽吹き始めたこの時期は、周囲の山々や丘がほんのり淡い緑色に染まり、吹き抜けていく風がなんとも気持ちがいい。

晴れ渡る青空の下、牛たちは牧場で草を食んでいた。

亘理は牛を放牧させた後、潮莉と草の上に腰を下ろし、のんびりと牛たちを眺めていた。おそろいのオーバーオールをはいた潮莉は隣で、スケッチブックに絵を描いている。

「ママが初めて、うちに来たときは猛吹雪の日だったんだよ。寒さでブルブル震えて、体がおかしくなってたんだ。でもね、あのとき、パパは雪の精が現れたのかなって思ったんだ」

亘理はひとりでしゃべっていた。

「それで、春になって、今ぐらいの季節に結婚したんだよ。牛たちも、ママが来てくれて喜んでたなあ」

「ほんとに？　牛が？」

うそだあ、と、潮莉は亘理を見上げる。

「そうだよ。牛が結婚おめでとー！　おめでとー！って、もう大騒ぎでさぁ。絶対幸せになるぞー、絶対可愛い子が生まれるぞーってさ。五年後にはしおちゃんが生まれて、そのときも牛たちは大騒ぎだったんだよ」

「へー」

潮莉は適当にあいづちを打つ。

「あ、信じてないな？　ほんとだよ。牛さんに聞いてごらん」

「牛に聞いたってわかるわけないじゃん」

潮莉はロマンチストの亘理とは違って、なかなか現実的で、冷静だ。

「しおちゃん、牛はなんでも知ってるんだよ。わかんないことがあったら、みーんな牛が教えてくれるんだから」

亘理は言ったが、潮莉は何も言わずに絵の続きを描いている。

「ごはんですよー」

そこに、こと絵が呼びに来た。ふたりに向かって、大きく両手を振っている。

「はーい」

亘理と潮莉は、声を合わせた。

手を洗ってダイニングに戻ってくると、こと絵がオーブン窯から、焼きたてのチーズトーストを取り出し、採れたての野菜が盛りつけてある木皿の上に置いていた。そしてコップに、搾りたてのミルクを注ぐ。

「しおちゃん食べるよー」

「はーい」

「よいしょー」

亘理は洗面所から戻ってきた潮莉を抱き上げ、窓に向けて置いた椅子に乗せる。潮莉はつま先立ちをして、窓の外の景色を見た。

「はい、せーの」

「いただきまーす！」

三人は並んで、外にいる牛たちに頭を下げた。

設楽家の朝は、こうして始まる。

「はい、オッケー」

椅子を移動してテーブルを囲んで座り、改めて料理に手を合わせる。

「おいしそうー。はい、せーの」

「いただきまーす」

三人はチーズトーストにかじりついた。大きな輪切りのトマトの上に、近くの大谷チーズ工房特製のチーズがたっぷりかかっている。みんなの口元でチーズがびよーんと糸を引くようにのびて、顔を見合わせて笑いあう。

「んんー、おいしいー。ん？　この香りは……」

「さすが、亘理くん。今日はね、庭のオレガノを入れてみたの」

「おー」

「お、れ、が…の…？」

潮莉が首をかしげる。

「この葉っぱだよ、ほら」

こと絵は、テーブルの上の小瓶にいけてあったオレガノを手に取って見せた。

「はっはっはっは、オレがのぉ、オレガノじゃー」

亘理はオレガノを手に取って、鼻の下にあててみた。さしずめオレガノ公爵といったところだが、こと絵は黙ってキッチンに立ってコーヒーを淹れ始め、潮莉はこくこくと牛乳を飲む。

「しおちゃん、聞いてますか？　オレガノーオレ…」

「亘理くん、今日、大谷さんのところでしょ？　持って行ってほしいものがあるから、行くとき声をかけてね」

こと絵はキッチンでコーヒーをマグカップに注ぎながら声をかけてくる。

「トマトちょうだい！」

潮莉が言うと、こと絵は嬉しそうに「はい」と返事をして、まな板の上でトマトをスライスし始める。

亘理の言葉に、潮莉はへへへ、と得意げに笑った。

「お？　食べるねー」

朝食後、亘理は牧場の一角に建つ、れんが造りの小屋に入っていった。チーズ工房『ミナミナ』だ。アイヌ語で「ニコニコ笑う」という意味で、食べた人が思わず笑顔になってしまうようなチーズを作りたいという、亘理の思いがこもっている。

亘理が育てて、亘理が与えた牧草を食べて大きくなった牛のミルクで作ったチーズが、棚に並べてある。その中から、ちょうど熟成の時期を迎えたチーズを出して、そっと中心を押してみる。この微妙な感触を判断するのが、難しい。

コンコンコン。

熟成度をたしかめるために、外側をハンマーで軽く叩いてみる。

次に、試食用ナイフを刺し、かけらを取り出して匂いを嗅ぎ、味わってみる。

チーズに向かい合うためには、五感をとぎすませなくてはならない。それも今、目の前にあるチーズに向き合うだけではない。長期熟成タイプのチーズを作るためには、牛にあげる草の種類や与え方から細心の注意を払い、季節の移り変わりや牛の体調まで、常に神経を張り詰めていなくてはならない。とはいえ、繊細さだけではなく、ときには大胆さも必要だ。その加減が、まだ亘理には難しい。

「うーん」

味見をした亘理は首をひねった。

午前中最後の仕事は、配達だ。スクーターに牛乳缶を二つ括(くく)りつけて、エンジンをかける。

「ではこれを、佐弥子さんにお願いします」

見送りに出てきたこと絵が、亘理にオレガノの葉と佐弥子宛ての手紙を手渡した。

「お預かりしました。では、行ってまいります」

亘理はこと絵と潮莉に敬礼をして、スクーターにまたがった。

「いってらっしゃい。気をつけてね」

「ほーい」

ふたりの笑顔に見送られて、亘理は走り出した。

青い海。緑の丘。水色の空。白い雲。

雄大な自然の中を突っ切るアスファルトの道には、亘理のスクーター以外、車は一台もいない。亘理は快適にスクーターを走らせた。

日本海は太平洋よりも青色が濃いと言われることもあるみたいだけれど、本当に、この日の海の色は絵の具を絞り出して塗ったように、どこまでも青く輝いている。


いくつか起伏のある道を上がったり下りたりしながら、ゆるやかなカーブをくねくねと曲がると、やがて建物が見えてくる。

おさななじみの富永芳樹（とみながよしき）の家、富永農場だ。

無農薬、無肥料、自然栽培にこだわり、さまざまな野菜を栽培しているが、とくにトマトに力を入れている。

スクーターにまたがったまま敷地内に入っていき、農場の入り口でブレーキをかけた。入り口に設置された百葉箱(ひゃくようばこ)のような箱の中には、カゴに入ったトマトやナス、パプリカなどが入っている。

「ヨシくん、持ってくねー」

声をあげると、

「おおーーー」

ビニールハウスの中から声だけが返ってきた。

「ありがとうー」

「あ? なんて?」

「ありがとう!」

スクーターのスタンドを蹴りながら大声で叫ぶ。

「おぅ!」

芳樹の声を背中で聞きながら、亘理は走り出した。

またしばらくスクーターを走らせると、建物が見えてくる。

虹色ファームの、ビニールハウスの羊舎だ。

スピードを落としながら『NIJIIRO　FARM』の看板の下に設置してある箱をのぞくと、何も入っていない。羊舎の中を見ると、いつもとは違うシルエットが見え隠れしていた。

「あれ？」

目を凝らしてよく見ると、中にいるのは、小柄でぽっちゃりした牧場主の寺田とは違い、すらりとした青年だった。藁を抱え、わたわたと作業している。

「うあっ！　ちょっと！　あー痛っ」

青年は羊の群れに巻き込まれ、柵につまずいて転んでしまった。酪農体験でもしている観光客のようだ。

「すいません！　大丈夫ですか？」

亘理に呼ばれた青年はハッと振り返った。顔が小さく、整った目鼻立ちをしている。

「おはようございまーす。寺田さんいます？」

声をかけると、青年はなぜかビクリとして目を逸らし、すぐに作業に戻ろうとする。でもあたふたするだけで、結局何もできていない。

「設楽ですけど、寺田さんからなんか聞いてませんか？」

もう一度言ってみたけれど、青年はひとかたまりになって寄ってくる羊たちにおびえて、藁を抱えたまま「わあああああ」と、逃げ回っている。

「あらー……」

亘理は首をかしげ、スクーターのエンジンをかけなおした。

それからさらに数分、山道を走っていき、大谷チーズ工房に到着した。まず最初に、工房に行く小道の途中にあるアトリエをのぞいた。この季節、アトリエはいつもドアが開け放してある。

「おはようございます」

佐弥子に声をかけ、中に入っていった。

「あ、おはよう亘理くん」

佐弥子はいつものようにキャンバスに向かい絵を描いていた。まだ木炭で下書きをしている段階のようだ。

「これ、こと絵と潮莉からです。あとこれ、ヨシくんとこの」

こと絵にあずかった手紙と、小瓶を直接渡し、芳樹の農場から持ってきた野菜のカゴを、近くのテーブルに置く。

「いつもありがとう」

佐弥子は封筒の中から、こと絵が書いた便箋と、潮莉が絵を描いた画用紙を出している。


『佐弥子さん、お元気ですか。

今朝も気持ちのいい風が、牧場に太陽の匂いを届けてくれました。

庭ではオレガノがすくすくと育っています。

オレガノには〝山の喜び〟という意味があるそうです。

今日は、このオレガノとヨシくんのトマトで、ケーキを焼こうと思います。

山の喜びあふれるケーキ、上手に焼けたら後ほどお持ちしますね。

それでは今日も、亘理くんともども、よろしくお願いします』

佐弥子が手紙を読んでいる間、亘理は描きかけの絵を背後から眺めていた。

「この絵、大谷さん？」

いつもは風景画が多いのに、この日は大谷の絵だった。まだ荒い下書きだが、椅子に座った大谷が、静かにじっと一点を見つめているのがわかる。実に大谷らしい一瞬を切り取っていることに、亘理は感心していた。

ふふふ。佐弥子は亘理と顔を合わせて笑うと、潮莉が描いたスケッチに視線を落とした。

「あーら、牛さんだねー」

「もう夢中で描いてますよ。今日も、お絵描き習うんだって張り切ってました」

「うん。どんどん大きくなるわねぇ、楽しみね」

「うーん、嬉しいんですけどね、なんだか最近は、妙にオトナびちゃって。なんてゆーか、冷たいんですよー」

亘理は愚痴をこぼしながら、外に出ていく。

「大丈夫よー、潮莉ちゃんはやさしい子だから」

亘理はスクーターから牛乳缶をはずしながら、照れ笑いを浮かべた。潮莉に冷たくされるのは、それはそれで、亘理の日々の喜びでもある。

「大谷さんは？」

亘理は奥の『大谷チーズ工房』の看板に視線を移した。

「うん、工房にいる。あの人もね、本当はやさしい……はずよ」

「……だといいんですけどね」

大谷が、チーズに対して並々ならぬ愛情を抱いていることはわかっている。でも、亘理は大谷の笑顔を見たことはほとんどない。チーズ作りを教わるようになってから十年が経つが、あまり最初の頃と距離は縮まっていない。

不安な気持ちを和らげるように、おいしょ、と声を出して牛乳缶を持ち上げた。そして気を引き締めて工房を見つめ、歩き出した。


アトリエと工房はたった三十メートルほどしか離れていない。でもその間には小川が流れていて、大谷お手製の柵のない細い橋を渡っていかないといけない。牛乳缶を抱えてえっちらおっちら歩いていると、なかなか危なっかしい。

そしてこの三十メートルが、とても緊張する。

「おはようございます。亘理です」

声をかけて入っていくと、大谷はいつものように工房の鍋の前にいた。ダンガリーシャツにデニムをはき、頭にはタオルを巻いている。足元は白い長靴だ。顔立ちはごくやわらかいのに、そのたたずまいは、向かい合う者の背筋をピンと伸ばしてしまうような、独特の威圧感がある。

亘理は上着を脱いで白いTシャツ姿になり、エプロンをかけた。手を消毒して、牛乳缶の中身を、工房の中央にある鍋に入れていく。その一連の動作を、大谷はじっと見ていた。作業が終わったのを確認すると、大谷は亘理には見向きもせず二階の熟成庫へ移動し、三列ある棚のチーズを順番に取り出してはハンマーで音をたしかめている。

自分が作っているチーズとはどう違うのだろう。大谷のチーズの音は、どんな響きなのだろう。コンコンコン、という音に耳をかたむけてみる。でも亘理にはわからない。

大谷が何も言わずに作業を続けているので、亘理も後をついて歩いた。

「これ、裏返してそっちだ」

大谷がこの日、初めて声を発した。

「あ、はい」

亘理はチーズを持ち上げて日付を確認し、熟成が進んだチーズが置いてある奥の棚の方へと移動した。そして裏返しにして置く。ふと、下の段を見ると、ずいぶんと古いチーズがあった。

「あれ、これ古いですね。いつのですか?」

尋ねたけれど、返事がない。もう一度尋ねるかどうか迷っていると、

「……忘れた」

棚の向こうにいる大谷が、呟いた。

「古いなー、磨き、かけときます?」

「ああ、もう少ししたらな」

「へえ、試しに食べてみたいなあ」

亘理は大谷の様子をうかがいながら言ってみた。大谷は答えずに、机の方へと歩いていく。

「食べてみたいなー」

もう一度言ってみたけれど、やはり返事はない。大谷は汗をぬぐい、椅子に座った。亘理はあきらめて、バスケットから自分のチーズを取り出した。

「……お願いします」

差し出されたチーズを大谷は無言で受け取り、ナイフで端の方を削ぐようにして、一口大に切る。

「前回、攪拌の時間が少し短かったので、今回は長くはしてみたんですけど。でも、なんか違うんですよねー」

張り詰めた空気に耐え切れず、亘理はぺらぺらとしゃべりだした。大谷はまず手触りをたしかめ、顔に近づけて香りを嗅いでから口に放り込んだ。咀嚼している大谷を見ていると、逆に亘理の口の中は乾いてくる。なのに手には汗をかいてくる。

「味ですか？　風味？　舌触り？　それとも……ちょっとわからないですけど……でも違うとは思うんですけど」

緊張をごまかすように、亘理はしゃべり続けた。

「……悪くはない」

大谷がボソッと言った。

「ほんとですか？　ほんとですか？」

あまりに驚いたのと嬉しかったのとで、二回も聞き直してしまう。

「ああ」

大谷が頷いたところに、階下でドアが開く音がした。

「ふたりともこっち来て、お茶飲まない？」

佐弥子が階段の下から声をかけてくる。

「ありがとうございます！」

亘理ははずむ声で返事をした。

「佐弥子さん！　今、僕は、今、大谷さんに褒められました！　ビックリしました！　聞いてました？」

「ほんと？　よかったわねー」

脚の悪い佐弥子は杖（つえ）によりかかるようにして階段の下からのぞきこんでいる。

「ビックリしました！　褒めてもらったんですよ」

「……俺は褒めてない」

大谷は小さく呟いたが、亘理の耳には届いていない。

「お茶にしましょう！」

「おめでとう。それはおめでとう、亘理くん」

「ありがとうございます！」

亘理は小躍りするように下に降りていった。

＊

チーズ作りを始めてから十年ちょっと。

初めて大谷に褒められた。

スクーターを走らせながらも、頬はゆるみ、にやけっぱなしだ。自然にフンフンフーンと、鼻歌までもれてしまう。

しばらく走ってくると、富永農場が見えてきた。よし、ここはひとつ芳樹に自慢しよう。道路には相変わらずほかに車はいないが、一応ウインカーを出して、スクーターで敷地内に入っていく。

「人の畑で何してんだ！」

と、いきなり、芳樹の怒鳴り声が聞こえてきた。そういえば前にトマト泥棒が出たと言っていたけれど、まさかまた？　亘理はスクーターを走らせたまま、ビニールハウスの方へ行ってみた。

「え？　違うんです。あの……うわあああ」

と、泥棒らしき人物が、その場に尻もちをついた。

「おー、おまえ！　それ！　ルッコラ踏んでっから！」

芳樹が泥棒に迫っていく。

「え？　すすすすみません」

泥棒は立ち上がろうとしているが、すっかり腰が抜けてしまったようだ。

「あー、オレガノ、そこバジル！　あー、バジル！　セロリ！　ミント！　おまえ、踏んでる！」

芳樹は泥棒に近づいていって、とにかくハーブ類の上からどかそうと、腰のあたりをバシバシ叩いた。

「こ、これ、雑草じゃないんですか？」

「雑草じゃねぇーよ、おまえ、あー！」

ただでさえ大柄で強面（こわもて）の芳樹が怒ると、とんでもなく迫力がある。泥棒はすっかりおびえて、腰が抜けているみたいだが……。

「どしたの？　何してんの？　ヨシくん！」

泥棒を捕まえるなら協力しようと、スクーターで近づいていく。

起き上がれずにジタバタしているのは、先ほど虹色ファームの羊舎で見た、謎の青年だ。芳樹が恐ろしいのか、顔がひきつっている。年齢は二十代後半といったところだろうか。

「あら？　虹色ファームの人？」

「あ？　寺ちゃんのところの新人か！」

芳樹はさっきまで泥棒と間違えて叩いていた青年を見下ろした。彼はすこし前から虹色ファームに手伝いに来ている寺田の甥っ子で、神戸陽太郎（かんべようたろう）と名乗った。

「あ、あの……うちの羊、知りませんか？」

神戸はモゴモゴ言っている。

「ん？」

「は？」

亘理と芳樹は同時に声を上げた。

「バケッ……蹴飛ばした音でビックリして、ハウスのドア壊しちゃってーーー」

神戸は泣き叫ぶように訴える。

「脱走かぁ。羊はビビりやだからねぇ」

亘理はスクーターにまたがったまま、神戸の顔をのぞきこんだ。羊よりも、神戸の方がよほどビビりやのようで、まだ立ち上がれずにいる。

「ちっちゃいのが一頭だけ、帰ってこないんですーー」

神戸はもう、ほぼ泣いている。

「わかった。とりあえず、周りみんなに声かけてみっから」

亘理は神戸を落ち着かせようと、言った。

「じゃ、うちの周り探すわ」

芳樹もふんふん、と頷いた。

「オーケー。あんたはほら、自分のところの周り、もう一回見てまわって探して！」

「はい、すいません。あの、あの……起こしてくだ……」

立ち上がれないでいる神戸が、手を伸ばしてくる。

「じゃあね」

亘理はスクーターで走り去り、芳樹もあたりを探し始める。

「いや、あの僕を起こしてくださ……あー痛てて」

神戸の叫びは、すでにふたりとも聞いていなかった。


「おーい、石さん！」

スクーターを走らせていると、畑で作業をしている石村甲介（いしむらこうすけ）を見つけた。

「ほーい、なんだー」

「虹色ファームの仔羊が一頭、迷子らしいから、見つけたらよろしく！」

「はいよー」

石村は、無農薬の米と大豆を栽培している。亘理が小学校一年生のときに入った野球チームで、六年生だった石村とは、もう四十年近いつきあいになる。キャプテンだった石村は面倒見がよく、それ以来ずっと亘理の親分的存在だ。ちなみに亘理は運動神経がイマイチで万年補欠だったけれど、一緒に野球を始めた芳樹はめきめきと頭角を現し、エースで四番に成長した。

亘理はその後、港まで走っていき、漁師の野添隆史（のぞえたかし）、通称ノンちゃんにも声をかけてきた。

野添の祖父と亘理の父親が仲が良く、亘理も小さい頃から十歳下の野添を可愛がっていた。野添は小さい頃から祖父と一緒に漁に出て、星と月の明かりを映した海の上をたゆたう時間が長かったせいなのか、時間の流れ方が人と違うというのか、常に地上からちょっと浮いたところを歩いているような不思議な青年だった。野添は亘理の仲間たちによくなつき、年上のみんなのことを対等の友だちだと思っているようだった。

石さん、ヨシくん、ノンちゃん、亘理は近所の青年団の仲良し四人組だ。近所とはいっても、一軒一軒が離れているので、都会では近所とは呼ばない距離なのだが。今、この地域でお祭りやイベントがあると、三十代・四十代の四人が、中心になって活動する。

亘理はスクーターを停め、どのあたりから探すかとあたりを見回した。とはいえ、見渡すかぎり、畑と森で、あまりにも広大だ。とりあえず富永農場に戻ろうと、スクーターを走らせた。その途中で見かけた人にも、声をかけて協力を頼んだ。

富永農場が見えてきた。と同時に、石村の軽トラが反対側から走ってくるのが見えた。

「ヨシくん!」

荷台に立っている野添が、捜索中の芳樹に声をかけている。

「おーノンちゃん!」

「見つかったー?」

「まだだ。どこ探してきた?」

芳樹は、石村が農場の前に停めた軽トラに近づいていった。

「田んぼも畑も見たけどさ、いねぇんだわ。小学校んとこまで周ったんだけどな」

石村は運転席から降りてきた。野添も荷台から勢いよく飛び降りる。

「すみません。お騒がせして……」

近くの草むらから神戸が飛び出してきて、ペコペコと頭を下げる。

「ホントだよ、おまえ。腰痛ぇんだぞ、俺。勘弁してくれよ。てかおまえか。寺田さんとこの新入り。いきなり面倒かけやがって。この礼はなんで返してもらうかな」

麦わら帽子姿の石村は、坊主頭で目力が強く、芳樹とは違った迫力がある。

「すみません……」

神戸はひたすら頭を下げるばかりだ。

「おーい」

亘理は笑顔で手を振って、みんなに近づいていった。

「いたか？」

石村が尋ねる。

「矢代さんところで、こんなにジャガイモもらっちゃったよー」

途中で羊探しの協力を頼んだ農家で、採れたてのジャガイモをくれた。

「いや、イモじゃねえよ。おまえ、羊探せ」

石村がヘルメットをした亘理の頭をはたく。

「探してるよ。道々ずっと探してたんだから。で、ここに戻ってきたらみんながいたからさ。でもさ、ちっちゃい仔羊なんだろ？　そう遠くには行かないと思うんだけどねぇ」

「うんまそうだな、これ」

芳樹はスクーターの座席に置いてある袋に手を突っ込んで、ジャガイモを取り出している。

「ヨシくんも欲しい？」

「いや、うちでも作ってるし。てか、この時期イモならこのへんの家はたくさんあるだろうよ」

「そりゃそうだ」

「おう、じゃあもう一回りすっか」

石村がみんなに声をかける。

「あの……もう、大丈夫です。一頭だけですし」

神戸が遠慮がちに申し出た。

「ああ？」

即座に芳樹が声を上げ、神戸はビクリとおびえた表情を浮かべる。

「なんだおめえ！　おめえんとこの大事な羊だろうが！」

芳樹が詰め寄っていくが、まあまあ、と、野添が後ろから肩を叩く。

「……すいません」

「今ごろ、人んちの畑とか野菜とか食い荒らしてるかもしんねーぞ」

石村がさらに神戸を脅すようなことを言い、

「あーそうだそうだ。その通りだ」

芳樹が深く頷く。

「あ、そうか……す、すいません、本当にすいません」

常に恐縮している神戸が気の毒になり、もうそのへんで……と、亘理が間に入ろうとしたとき、メエエエと、羊の鳴き声が聞こえてきた。

「ん？」

「あれ？」

みんなで声がする方を見ると、学生服姿の少年が仔羊を抱えて歩いてくる。

「うちの大地じゃねぇか？」

たしかに、石村の息子の大地だ。顔も学生服も泥まみれの大地に抱かれた仔羊は、二本の前足をピンと伸ばして、おとなしくしている。十キロぐらいはあるだろうし、かなり重いだろう。大地は歯を食いしばって、ゆっくりと進んでくる。

「おい大地！　おまえそいつ、どこに……」

「ウチの田んぼ！」

大地は答えると、顔をしかめて足を止めた。そして、ずり落ちてくる羊をもう一度抱え直す。

「つーかオヤジ、ちゃんと探せよ！」

「え？」

「なにしてんのよ、石さん」

亘理は呆れて言った。

「田んぼなら一通り見たけどなあ」

石村がぶつぶつ言っているのにはかまわず、

「ありがとー!!」

神戸が大地の方に向かって走り出した。

「探してねーのかよ」

芳樹は石村を軽くにらんだ。

「探したって言ってんだろ。いったいどこに隠れてたのよ?」

石村はまだ首をひねっていた。

「じゃあ、羊も見つかったし、祝杯行きますか?」

亘理は切り出した。大谷にチーズを褒めてもらったことが、まだ嬉しくてたまらない。

「そうだな。場所はどうする?」

石村が尋ねてくる。石村も何かと理由をつけて、集まって飲むのが好きだ。

「あとでしおちゃんが佐弥子さんに絵を習いに行くんだけど……」

「じゃあ、佐弥子さんとこだな」

ということで話がまとまり、夕方、みんなで佐弥子のアトリエに集合することになった。

*

「かんぱーい!」

亘理たちはアトリエの前のテーブルで、グラスを合わせた。

「んーうまい」

空が水色からオレンジ色にかわってくるこの時間。心地いい風に吹かれながら飲むビールは最高だ。

「見つかってよかったじゃん」

石村はビールをグイッと飲んで言った。

「見つけたのあんたじゃないから、息子っしょ」

「探し方が甘いの」

芳樹と亘理は呆れて言った。

「いやいやいや……、俺が見たときはきっと別のところにいたんだって。いやあ、労働の後の一杯は最高だな。よかったな、見つかって」

石村は上機嫌だ。

「でも本当にありがとうございます」

神戸は何度も何度も頭を下げた。あまり酒に強くないのか、ジョッキをまだ飲み干してないというのに、ほんのり赤い顔をしているところがまた、神戸らしい。

野添はアトリエの中で、佐弥子とこと絵のためにコーヒーを淹れていた。野添が淹れたコーヒーは、格別においしい。ブラジルに遠距離恋愛中の恋人がいて、豆を送ってもらってるという話を聞いたこともあるのだが、いまひとつ真相はわからない。

「すいません、また急に押しかけちゃって」

野添は佐弥子に声をかけている。

「いいの、いいの。にぎやかな方が楽しいわ」

佐弥子は首を振った。テーブルの上には、さっき亘理が運んできたカゴ入りの野菜がのっている。この日の潮莉のスケッチの素材だ。野菜のかたちや色合いを表現するのは、なかなか難しい。

「でも潮莉ちゃんの邪魔はしないでね」

「しないでねー」

潮莉が、佐弥子に調子を合わせて言った。アトリエ内での会話は、外で騒いでいる亘理たちにも聞こえてくる。

「はいはーい」

男衆は声を合わせて返事をした。

「あーー！　イモ焼けてきた！　バター、バター、のせて、バター塗って！」

亘理は網の上に視線を移し、声を上げた。バーベキューセットの上では、さっきもらってきたジャガイモと、野添が持ってきたウニとイカを焼いている。

「あの、今日はありがとうございました。僕、もう行かないと……」

さっきから居心地悪そうにしていた神戸が、腰をあげる。

「何言ってんの。まだ何も食べてないじゃん。師匠のチーズ、これ絶対食べた方がいいから」

亘理は神戸の腕をつかんで引き止め、大谷が作ったチーズを、小さなカッティングボードの上で切り始める。

「つーかさ、おまえが作ったチーズ、いつ食べられんの？」

「石さん、それがさ。今日は褒められたんだよ。ねー佐弥子さん」

亘理はアトリエ内の佐弥子に声をかけた。佐弥子は無言で笑っている。

「そうなの？　本当かよ？」

石村は半信半疑だ。

「すごいじゃん、亘理くん」

野添は素直に褒めてくれる。

「師匠って？」

神戸が首をかしげた。

「あそこに工房があんだろ？　もう十年ぐらいかな？」

石村は橋の向こうを指した。

「いつになったら認められんだろうな」

芳樹が言う。

「だからさー、今日、師匠に褒められたわけ。はい、これがその大谷さんとこのチーズ。どうぞ」

亘理は切り分けたチーズを、行儀よく椅子に座っている神戸の口に放り込んだ。

「うまい……」

神戸は真剣な表情でチーズを味わっている。

「うまいでしょー。すごいよねー」

「やっぱうまいな」

芳樹も石村も頷いている。

「なかなかこの味が出せないんだよ」

「はい、これヨシくんとこの玉ねぎねー」

さっきから焼き物係をつとめていた野添が、神戸の皿に、玉ねぎをのせる。

「……あ、ども」

「うめぇぞ」

芳樹はすかさず言った。

「あの……」

神戸は亘理の方を見て、野添に視線を移す。

「あぁ、これ、漁師のノンちゃん。紹介まだだったね」

「どーも、船長です」

野添は改めて挨拶をした。ブカブカのパーカーにチノパンをはき、キャップを後ろ向きにかぶった野添は、まだまだ学生のようだ。三十代半ばにさしかかるようにはとても見えない。

「へぇえ……」

神戸は驚いたように野添を上から下まで見ている。

「へー、この人が船長か。こんなに色白なのにーってあなたそう思ったでしょ？　こう見えてこの人の家は、三代続けて船長なんです」

亘理は説明した。

「イカ釣りは夜だから、日に焼けないんです。はい、こっちは焼けました」

どうぞ、と、野添はイカを神戸の皿にのせてやる。

「あ、どうも」

「もうひとつどうぞ」

野添はかいがいしく、焼けたイカをせっせと神戸の皿に盛る。

「こんなソフトな漁師いないと思うよ」

「いないよ」

亘理と石村が頷き合っていると、

「つーか、寺田のおっさん、いつの間にいなくなったんだ？」

芳樹が言った。

「あ、先週の日曜です」

神戸が答える。

「なんだよ、何にも言わないで行っちゃうんだもんなー。ねえ、石さん」

亘理は石村を見た。

「まぁ、急だったみたいだしなー。そのへんは……アレだよ」

「え？」

石さんは知ってたの？　と、亘理と芳樹は石村を見た。

「僕も聞いた、ニュージーランドだっけ？　急だよねえ。で、甥っ子の神戸くんが牧場任されたって。なんだ、みんなに話してから行ったんじゃないんだ」

野添が言う。

「え？　なんでそっちと、こっちに見えない線が引かれてるのよ」

亘理は自分と芳樹の側と、石村と野添の間を、手で仕切る。

「ちょっと待て、なんで俺は亘理と同じ側なんだよ？」

「そこ？　ヨシくん、そこ問題じゃないから。ねえー、神戸くん？」

「……そ、そんなこと、僕に言われてもわかんないですよー」

「神戸ちゃんは、前は何やってたの？」

野添が尋ねた。

「その顔は、どうせ果物系だろ」

芳樹がぶっきらぼうに言う。

「顔関係ある？　てか、なんで機嫌悪いの？」

亘理が不思議そうに尋ねたとき、

「……東京の外資系会社で、フロント業務を」

神戸が口を開いた。

「ほおーーー」

みんなは声を上げた。

「それは、とんだ畑違いでございます」

石村が、どや顔で言う。

「なんだよ石さん、俺もそれ言おうと思ってたのに。で、どこの国のホテルで働いてたの？」

亘理は神戸に尋ねた。

「ホテルじゃないんです」

「ホテルじゃないって、えー？」

フロント業務って言うから、すっかりホテルのフロントマンだと思っていたが、違うようだ。

「東京でコンサルティングをしてました」

神戸が言い直す。

「あー、コンサルティングかー」

「あー、コンサルね、コンサル。そんな感じだわ」

「どんな感じだよ。石さん、ぜってぇわかってねえだろ」

「じゃあなんだ、芳樹はわかるのかよ？」

「まぁまぁまぁまぁ、次、これ食ってみろ。ほい」

芳樹は神戸に自分が作ったトマトを投げた。

「え？　わっ！」

突然のことに驚きながらも、神戸はどうにかトマトをキャッチした。

「はい、石さん、はい、亘理。はい、ノンちゃん」

芳樹は次々にトマトを投げ渡していく。神戸はしばらく手の中のトマトを見つめていた。表面は緑色でごつごつで、傷もある。

「うまいよー」

亘理が言うと、神戸はようやく食べる決心がついたようだ。

「いただきます……固っ」

一口食べて、顔をしかめる。でも、トマトを噛んでいるうちに、だんだんとその表情が変わってくる。

「……ん、けっこう固いけど、すごくうまいですね」

神戸は大きな目を見開いて言った。

「トマトはな、皮に守られてるんだよ。ゆっくり育つと身がこう引き締まる、細胞が凝縮するんだな。うん」

芳樹が神戸に一席ぶっているが、

「……へえ」

神戸はわかったようなわかっていないような困惑の表情を浮かべている。

「相変わらずうまいね、ヨシくんのところのトマトは」

亘理が言うと、

「だろ？」

芳樹はすっかりご満悦だ。

「でも、びっくりしたでしょ。草ボーボーで」

亘理は神戸に言った。

「あー、はい。本当に」

「奥さんいたときはさ、雑草もなくて、すげぇきれーな畑だったのにねぇ」

野添が言うと、みんなは声を合わせて笑った。

「ヨシんとこの野菜は、かーちゃんがいなくなってからが本当にうまくなった」

石村の言葉に、

「そうそう、ズボラゆえの『自然農法』ってやつね」

亘理も同意した。

「そういうこと、そういうこと」

「母ちゃん、なんでいなくなったんだっけ？」

亘理が芳樹を見る。

「うるせぇ、黙って食えっつーの。おめーんとこは親父の代から手抜きばっかだろ。この野郎」

芳樹は食べ終わったジャガイモの皮を投げて抗議した。

「ほっとけよ。ちょっとひどくない？ この態度。なんとか言ってよ、神戸ちゃん」

「え？　えっと……」

神戸は困り果てた挙句、

「なんか、残念でした！」

背筋を伸ばし、大きな声で言った。

「はぁ？」

芳樹が神戸をにらみつけ、ジャガイモの皮を投げつけた。

「ごめんなさい！　ごめんなさい！」

神戸は平謝りだ。

「で、おまえなんでこんなとこ来たんだ？　その顔は、どうせ東京から逃げて来たんだろ？」

「ヨシくーん、早いよ。夜はまだこれからだってのに」

深刻な話は、もっと暗くなってから。亘理は言った。

「な、なんだよ。おまえらだって気になってるだろ？」

芳樹が抗議すると、

「よしよし、おじさんが聞いてやる。話してみろ」

石村が立ち上がった。

「お、事情聴取、始めちゃいますか？」

亘理は苦笑いを浮かべた。

「洗いざらい吐いて、楽になっちまいなよ」

「僕そろそろ……」

神戸はいたたまれなくなり、立ち上がった。

「いや、待てって」

石村が神戸の手首をつかんで引き止める。

「ねぇ、神戸くんは、UFO見たい？」

そこに野添が歩いてきて、笑顔で神戸の前に立ちはだかった。

「え？」

神戸は、これまで比較的おとなしくしていた野添からの突拍子もない質問に、うろたえた。

「来ましたよ？」

「来た来た」

亘理と芳樹はクスクス笑う。

「あまり大きな声では言えないんだけど、ここはね、UFOの目撃情報がすごいんだ。君も見たいよね？」

野添は両手を腰にあてた姿勢で、神戸に向かってにっこりと笑いかけた。

「まあ、ここは聞きたまえ」

石村は神戸を座らせようとする。

「いえ、別に僕は……」

神戸は逃げ腰だ。亘理も立ち上がって、石村とふたりがかりで神戸を椅子に座らせる。

「あの、僕はもう帰らないと……」

「僕は何度もUFOを見てる。よし」

野添は神戸の意向にはまったくかまわずに言った。

「いや、え？　だから……」

「夜、漁をしてるとさ、周りは光るものだらけなんだ。星は空をぎっしりと埋め尽くしてるし、夜光虫で海が真っ青に光るしさ。イカは光に集まる習性があるから、ライトを照らしながら釣るしね。僕はいつも光たちの中でゆらゆらと揺れているんだ。小さい頃、親父の漁について行ってたときから、そうやって育った。だからかなあ、UFOも僕にコンタクトをとろうと、やってくる」

「……よくわからないんですけど」

「君にだけ、特別に教えてあげよう」

「お願いします。先生」

亘理が野添をあおる。

「信じるも信じないもない。僕はもう何度も見てるんだから」

「二回連れ去られてるから」

芳樹は人差し指と中指を立ててなぜか得意げに言う。

「連れ去られてる……？」

神戸はまったく話の展開についてきていない。

「二回ね」

芳樹はウニを食べながら言った。

「では、どうしてここ、せたなにUFOが集まるのか？　それは地形と地理的状況が大きく影響していると考えられると思ってる……」

野添はUFOの話を続けた。


夜が更けてきた。

潮莉のレッスンが終わり、こと絵と先に帰った後も、亘理たちはまだ、バーベキューを続けていた。

「宇宙人と交流するときは、楽しい気持ちが大事なんだよ〟宇宙人は踊りと音楽、お酒が好きっていう説もあるんだから。気持ちを集中させて宇宙とコンタクトをとって……」

野添は星がきらめく空に向かって両手をあげた。

「こうですか?」

神戸も同じようにポーズをとってみる。

「違う違う。もっと肩の力を抜いて」

野添は真剣に神戸に指導している。

「いいねえ、若いふたり、仲良くなってるじゃない」

亘理たちはその様子を、目を細めて眺めていた。

「若者がせたなに来てくれるなんて嬉しいことだよ」

「ああ。歓迎しなくちゃな」

亘理と石村は頷き合ったが、芳樹はおもしろくなさそうな顔をしている。

「なんだよ、ヨシくん、さっきから神戸ちゃんには風当たりが強いね」

「神戸ちゃんがかわいい顔してるからヤキモチやいてんだろ？」

「あ、それ、石さんには言われたくないね」

亘理たちがわいわい話していると、佐弥子が小さなカゴを手にアトリエから出てきて、杖をつきながら橋を渡っていった。

佐弥子が工房をのぞくと、大谷は窓辺で道具の手入れをしていた。

「これ、こと絵さんが焼いてくれたケーキ」

「ああ。賑やかだな」

大谷がアトリエの方を見る。

「亘理くんたちが新しいお友だちを連れて来たみたいよ。ねぇ、少し休まない？」

「そうだな」

そう言いながらも、大谷はまだ手を動かしていた。

＊

お盆が過ぎ、北海道の短い夏が終わりに近づいていたある日――。

神戸はトラックの荷台にのせられた仔羊をじっと見つめていた。神戸がやってきた頃、脱走して騒ぎになった仔羊が、つぶらな黒い瞳でこっちを見ている。仔羊たちの中でも、一番やんちゃだった。手こずった分だけ、愛情も増していた。

なのに……。

そんなに澄んだ目で見ないでくれ。

神戸の胸はつぶれそうだった。

できることなら行かせたくない。でも……。

鼻の奥がツンと痛くなってくるのを、神戸は必死でこらえていた。

「神戸ちゃーん、あー、そー、ぼー！」

と、背後から声をかけられた。ビクリとして振り返ると、スクーターにまたがった亘理と、補助輪付きの自転車に乗った潮莉が笑っていた。とくに亘理はえへへへへーと、意味ありげな笑みを浮かべている。

「な、なんですか？」

「今から一緒に遊びに行かない？」

「……え」

神戸は警戒した。この人たちに巻き込まれると長くなるのは経験上わかっている。

「行こ！」

潮莉に笑いかけられて、誘われるがまま出かけていった。

市役所前では、月に一度のマルシェが開催されていた。

自家製のパンやドレッシング、総菜、革小物など、出店しているお店は、どこも盛況だ。亘理たちも、一角にまとまって店を出していた。

亘理は牛乳、アイス、大谷のチーズ。芳樹は野菜やトマトジュース。石村は豆腐と味噌。野添は塩水ウニや粒ウニ、するめや塩辛を売り、そしてあまり魚介類には合わないが、コーヒーを淹れて配っている。

「いらっしゃいませー、おいしいチーズ、いかがですかー。おいしいアイスクリームもいかがですかー」

潮莉はハートの形をしたメガホンを使って、店の手伝いをしていた。

「こんにちはー。あー、しおちゃん、大きくなったね！ 大谷さんのチーズ、二つちょうだい」

「あるよ、どれとどれ？」

常連客の女性がやってきて、潮莉の頭を撫でている。

接客するのは亘理だ。

「セミハードとカリンパ」

「うちのアイスは？」

「アイス？」

常連客の女性は、うーん、と顔をしかめる。

「あれ、奥さん、またちょっと美人になったんじゃない?」

「マジで? じゃ、二つちょうだい」

「ありがとうございます。なにとなに?」

「えっとね、バニラと……どれにしようかしら」

「人気があるのはチョコレートかなあ」

亘理が女性客の接客をしているとき、芳樹は店先の『レッドトマトジュース』の看板の位置を直していた。

「トマトのおじちゃん、ジュース一つちょうだい」

そこに、男の子がやってきた。

「うん? おじちゃんじゃないよ、お兄さんだよ」

芳樹は引きつった笑顔を浮かべて言った。

「なんで?」

男の子が素朴な質問をぶつけてくる。

「……独身だから」

「……ふーん」

ふたりの間に流れた気まずい沈黙を吹き飛ばすように、

「いらっしゃいませー。おいしいチーズいかがですかー……」

潮莉は看板娘として、手伝いを続けていた。潮莉はさっきからチラチラと神戸の様子を気にしている。

「と、豆腐にお味噌はいか……が……」

神戸はまったく声が出ていない。潮莉は振り返って亘理を見た。亘理はこくりと頷き、行ってあげて、と、親指で神戸の方を指す。潮莉は立っていた台から下りて、トコトコと神戸の方に歩いていき、台を置いてそこに乗る。

「いらっしゃいませー、お豆腐とお味噌、おいしいよー」

潮莉がメガホンを使って呼び込みをすると、近くにいた女性三人組が店先をのぞきにきた。

「と、豆腐いかがですか？」

神戸はおどおどしながら勧める。

「じゃあお豆腐とお味噌をください」

「私もお味噌もらっていこうかな」

「ありがとうございます！」

神戸は嬉しそうに、袋に詰め始める。

「かわいいねー」

「お手伝いえらいねー」

女性客は潮莉に声をかけている。

「いいなぁ、俺も女の子がよかったなぁ」

石村はしみじみ言った。

「あれ、今日大地は？」

亘理は尋ねた。大地は小さい頃から市場も農作業もよく手伝っていた。大地だけでなく、このあたりの子どもはよく親の手伝いをしているのだが。

「部活だと。忙しくて最近は手伝ってもくれねぇよ」

「お年頃だからね。本当は、デートとかだったりしてね」

「それが最近、大地、ラブレターもらったんだよ」

「ラブレター？」

「てか、今の中学生って、父親にラブレター読ませるの？」

「テーブルの上に置いてあったのさ」

「それ、読んだらダメなやつじゃん」

ふたりが話していると、芳樹と野添も、なになに?と、近づいてきた。

「それが、相手の女の子、クラスで一番おっぱい大きいんだよ」

石村が声をひそめる。

「はっはっは、なんの話よ」

亘理は笑いとばしたが、

「え！　どんぐらい？　こんぐらい？」

野添は両手を胸の前で動かしてみる。

「いや、こんなんよ」

石村はさらに大きな手振りをして見せた。

「大地のくせに生意気だ」

芳樹はムッとしている。

「うん」

「だろ？　どっち派だ？　おまえ。大きさ？　形？」

石村はみんなの顔を見た。

「おっきい、おっきい方」

答えたのは野添だ。

「だよな。よし、あいつにも聞いてみよう。おい、おい！」

石村は接客中の神戸に声をかけた。

「はい？」

神戸が近づいてきた。

「おまえはどっち派だ？　形派？　それとも大きさ？」

「は？」

「おっぱい。ボイン、ボイーン」

「ボイン、ボイーン」

石村と芳樹はふざけている。芳樹は目の前の棚に置いてあったチーズを測るはかりに、胸に当ててた自分の両手を乗せている。

「……やめてください、一緒の輪に入れないでください！」

神戸は顔を真っ赤にして言い放ち、売り場に戻っていった。

「あれ？　怒っちゃった」

芳樹が意外そうに言う。

「今の……石さんが悪いよ」

亘理は言った。

「え、俺？」

「品がない」

亘理は厳しい口調で言った。

「石さんのエッチ」

野添も言う。

「えー？　だっておまえも……」

「顔に品がないもん」

「は？　ヨシが一番ひどかっただろうが……」

「え――――！」

そこに、叫び声が響いた。目を向けると、トマトジュースの試飲コーナーにいた黒いスーツにサングラス姿の男が声を上げ、トマトジュースの瓶を、しげしげと眺めている。質のよさそうなカシミアのマフラーをスーツの襟元にたくしこみ、鼻の下と口元にはひげを蓄え、耳にはピアス。このあたりでは見かけない小洒落たいでたちをしている。

「なんだ？　なんか文句あんのか？」

トマトジュースを作った芳樹は、その男に近づいていった。

「トマトの人？」

男が芳樹に尋ねる。

「ああ」

芳樹が頷くと、男はアーハッハ、と高らかに笑いながら、再びトマトジュースをコップに注いで飲み始める。

「あ――――、よし！　いい仕事してる！」

男は芳樹をバシバシ叩いた。そして、次は近くに置いてある昆布を試食した。

「出てるー。いいダシ出てるなー」

男は腰を逸らせ、感動している。そして、店先に出てきた野添の両手を取ったかと思うと、ぎゅっと抱きしめた。男の仕草はオーバーで、どこか日本人離れしていた。あまりの騒ぎように、周りの客たちも男に注目している。

「知り合い？」

「さあ」

石村に聞かれた亘理は首をひねった。

「ありがとう、ありがとう！」

男は今度はチーズのショーケースの前に来た。

「来たよ……」

石村は警戒して身がまえた。男は試食のチーズを口に放り込む。しばらく咀嚼し、のみこむと、うーん、とうなる。

「どしたどした？」

石村と亘理が顔を見合わせていると、

「ブラボー!!」

男は両手を高々とあげ、亘理に握手を求めた。

「声も身振りもでけぇよ」

石村は横で呟いていた。

男はトマトジュースとトマト、昆布、チーズ、豆腐と味噌など、亘理たちの店で出品していたものをほとんど買って、持ちきれないほどの荷物を手に帰っていった。みんなでその後ろ姿を見送っていると、男は芝生の上でふと足を止めた。そしておもむろにかがんだかと思うと、生えていた草をつんで、においをかいだ後、口に入れた。

「食べた……」

「食った な」

「食べましたね」

亘理と野添と神戸が頷き合っていると、男は顔をしかめ、ぺっと吐き出した。

「そりゃそうだよな」

「なんなんだ、あいつは」

石村と芳樹は眉をひそめた。かと思うと、男は懲りずにほかの草を見つけて近寄っていく。そしてさっきと同じようにつんで、においを嗅いでいる。

「え？　まさか？」

「え、また？　え？」

「うそだろ、おい？」

「また食べた！」

「また食ったな」

五人はあっけにとられていたが、今度は男は満足げな表情を浮かべている。

「おいしいんだ？」

「なんだ？　あいつ」

「……変な人がいるね。さっ、いこ。しおちゃんお仕事、お仕事」

亘理は潮莉の肩を押して、店に戻った。

＊

マルシェの片づけを終えた帰り道、神戸はツナギのポケットに手を突っ込み、ぷりぷりしながら畑の真ん中の一本道を歩いていた。

「神戸ちゃん、明日も一緒にあそぼー！」

チリンチリン、と自転車のベルを鳴らしながら、潮莉が声をかける。

「ったく、何が遊ぼうですか。あれ、ただのお手伝いじゃないですか」

結局手伝わされ、貴重な時間を無駄にしてしまった。

「ははは、そんなに怒んないでさー、みんなでワイワイやるのも、たまには楽しいでしょ」

スクーターにまたがった亘理は、背後から声をかけた。

「たまにじゃないでしょ？　いっつもみんなでつるんでるじゃないですか。この間もバーベキューして、僕はもう飲まないって言ったのに飲ませるから次の朝寝過ごしそうになってたいへんで……」

神戸はぶつぶつ呟いていた。

「四つ葉のクローバーの見つけ方教えてあげようか？」

潮莉が言うと、神戸は怒りの表情を浮かべたまま一瞬振り返ったけれど、またすぐに前を向いて歩いていってしまう。

「そんな顔するんだ。怒った顔も男前だなー。でもさ、農業なんてさ、ひとりでやってても辛いだけよ？」

亘理は神戸の背中に声をかけた。

「仕事ですから。楽しいもつまらないもないですよ」

神戸が足を止めて振り返る。

「へえー、すごいなーそういう感じ。へえー」

亘理が言うと、

「へえー、へえー」

潮莉も真似をする。

「へえー、へえー」

父と娘はしばらくハミングするように声を合わせた。と、前を歩いていた神戸が足を止めた。

「……ん？」

神戸は目を凝らした。亘理たちもそちらに目をやると、少し離れたところで、高級車がエンストして停まっていた。ボンネットから、水蒸気がモクモクと立ち上がっている。運転席には、先ほどの黒スーツの男がいた。

「大丈夫ですか？」

神戸は近づいていってコンコン、と窓を叩いた。男は動揺し、かたまっている。

「前から急に煙がボワっと出てきて！　どうしたらいいですか？」

男は叫んだ。

「僕も車、詳しくないんです」

「爆発しますかーーー？」

「えぇーーーっ？」

「煙が入ってきた！」

ボンネットの煙が車内に入ってきて、男は取り乱している。

「わ、亘理さん！　どうしましょう……？」

神戸が振り向いたときには、もう亘理は元来た方角に走り去っていた。その場に残された潮莉が、神戸に向かって笑顔でサムズアップしている。

「え？　うそぉ！」

神戸は目を疑った。

「助けてー、おかあさん！　おかあさん！」

男はすっかり気が動転している。

「開けて！　ドアロック解除して、早く！　ドアロック解除して！」

「開けてーーお願い、助けてーーー！」

男は中からバンバン窓を叩く。

「僕の話を聞いて！　これをピョンと上げるだけです！」

神戸は外から窓のロックピンを指した。旧式の、手動で上げ下げするタイプだが、男はロックしたままだ。

「ごめんなさい、開けてください、お願いしますー！」

「だから、これですって！」

ガラス窓をはさんでふたりで叫び合っているところに、ゴゴゴと何かの音が聞こえてきた。

神戸が見ると、芳樹が運転するトラクターが走ってきた。亘理も石村も乗っている。

「パパー！　パパー！」

手を振る潮莉に、トラクターの上の亘理は正義のヒーローよろしく、敬礼のような気取ったポーズを返した。

「早くお願い！　お願い！　あー！　ごめんなさーい！　ごめんなさーい！」

男はすがるように声を上げた。

とりあえず男を落ち着かせ、ドアを開けて外に出てきてもらい、石村と芳樹は高級車のボンネットを開けた。

「ラジエターからエアコンに引き込むホースがはずれてんだな」

中を点検しながら、芳樹が言う。

「爆発はしないって言ってますよ」

神戸は不安げにしている男に声をかけた。

「はぁー、よかった」

「んーなもん、しねえよ。こんな車乗ってて修理もできねえのか？」

芳樹が言うと、男は頷いた。

「なんだよ、情けねえなあ」

石村と芳樹は牽引フックを取り出し、手早くトラクターと高級車をロープでつないだ。

牽引されている高級車の助手席に乗り込んだ潮莉は、摘んできた花を運転席の男に差し出した。

「これで元気出して」

「ありがとう……んー、おいしい」

男はもぐもぐと咀嚼している。

「食った」

「またか……」

トラクターの後部に乗っている亘理と石村は顔をしかめた。男のサングラスをかけている潮莉は、亘理たちが見ているのに気づいて手を振った。男も落ち着きを取り戻し、潮莉と一緒に笑顔で手を振っている。サングラスをはずしてクシャクシャな顔で笑うと、ずいぶんと穏やかな雰囲気になる。

「なんか見たことあるんだよねー、あの人」

亘理は首をひねった。

「そうなんだよなー。朝市で見たときから気になってたんだよ」

「ひょっとして有名人だったりして？」

「あ……わかったぞ、亘理」

石村がニヤリと笑った。

「誰？」

「『シェフの恩返し』って番組、知ってるか？」

「は？」

亘理は眉根を寄せた。

男は亘理たちを、自分が泊まっている家に案内した。とりあえず車を車庫に入れて、石村と芳樹でさっと直した。

「それにしてもこの家、すげーな、おい」

芳樹が言うようにそこは、海を一望できる豪邸だった。大きなガラス戸ごしに中を見ると、広々としたリビングが広がっている。

「バケーションレンタルのシステムを利用しまして」

男は言った。

「バケーションレンタル？」

「この物件の所有者が利用しない期間、貸してもらってるんです」

そう言うと、男は改めて亘理たちを見た。

「あ、味噌とトマトと牛乳！」

「人のこと、作物で呼ばないでくれる？」

亘理たちは苦笑いを浮かべた。

「も、申し訳ございませんでした。このご恩をどうやって返したらいいのか……」

「いやいや、気にしないで。人を呼んだだけだから」

亘理は笑った。でも石村はその横で首を振った。

「駄目だ。口だけで謝られてもなぁ。体で払ってもらおうか。朝田シェフ」

石村はニヤリと笑った。

＊

そして夕食時――。

朝田はキッチンで、料理の腕前を披露していた。

先ほど市場で買ったイカを炒めていたフライパンに、鮮やかな手つきでブランデーを振りかけ、もう片方の手でさっとフライパンを傾ける。

ボッ。

フライパンから火柱が上がった。

「おおーっ！」

「びっくりしたーーー！」

メモを片手にそばで見ていたこと絵と、石村の妻、美智（みち）はきゃあきゃあと声を上げた。

「えー、すごーい！　それは？」

　こと絵は尋ねた。

「あっ、グラッパですね」

　朝田が答える。

「グラッパ？」

　こと絵は聞き返した。グラッパはイタリア産のブランデーだが、

「白ワインでも大丈夫ですよ」

　朝田は言った。

「へー、うちのコンロでできるかなー」

「まさか、あの朝田シェフに教えてもらえるなんてねー」

「ねー」

　こと絵と美智はすっかり舞い上がっている。

　亘理はワインを飲みながら、置いてあった雑誌をパラパラとめくった。

『人気沸騰中の2つ星レストランシェフ　朝田一行（かずゆき）さん』と、見開き二ページで紹介されていて、朝田の全身写真に『人生を彩る幸福な瞬間を、僕の料理で

演出していきたいんです』と、添えられている。札幌でイタリアンレストランを経営しているのだが、北海道のローカル番組にしょっちゅう出演している有名シェフらしい。

「神戸ちゃん、お皿配ってー」

潮莉はサラダを運んでいる神戸に、次にやる作業を指示している。

「ねぇ、あんたさ、こんなとこにひとりで泊まってんの?」

石村は、料理中の朝田に尋ねた。

「ええ。食材探しの旅をしてるんですけど、僕、キッチンのない宿には泊まれないんで」

「さすが! 一流シェフは、言うコトまでカッコいいわー」

妻の美智が声を上げるのと同時に、

「キッチンのない宿には泊まれないんだってよ」

石村は亘理の方に身を乗り出してささやいた。

「あの方って……」

神戸が美智の方に視線を送り、こっそり亘理に尋ねる。

「あぁ、石さんの奥さん。ナースだから、なんかあったら助けてもらうといいよ」

亘理は美智にも聞こえるよう、大きな声で言った。

「あ、よろしくお願いします。神戸です」

「うちイケメンしか診ないんだけど、キミは……ギリセーフ」

美智がふざけて言うと、亘理は大声で笑った。神戸は困ったような表情を浮かべて石村を見た。

「オレ、セーフ」

石村はワイングラスを手に、上機嫌で言った。

「イケメン好きの美智さんがなぜ石さんと結婚したのか、いまだに謎だな」

芳樹が近くにいた野添に言う。

「ヨシ、おめぇメシ食わせねえかんな！」

石村は怒鳴った。

「作ってんのシェフだろ？　何、偉そうに言ってんの？」

芳樹は文句を言った。

「俺がシェフに気づいたんだぞ？　偉いに決まってんだろ？」

「……偉いに決まってるって……小学生かよ？」

亘理は神戸に笑いかけた。

「僕も気づいてたんです。もしかしたら、って」

「え、どの時点で？」

「マルシェから朝田さんが帰っていったときかなあ……」

「そういうのは早く言えよ。ったくおまえはいつもおどおどして、気がちっちぇえんだから」

「ヨシくんがそうやって脅すからだろ。神戸ちゃんは繊細なんだから」

亘理が注意をする。

「石さんの顔が怖いからだろ」

「うるせえな。ヨシにだけは言われたくねえよ」

石村と芳樹のやりとりを聞いていた女性陣は、呆れて顔を見合わせた。

テーブルの上に、華やかな料理がズラリと並べられた。

「まずそちらから、野草とハーブ野菜のインサラータ。大谷さんのチーズソースを添えています」

朝田の説明に、こと絵と美智が「へえー」と感嘆のため息を漏らす。

「そちらのグラスは、トマトとフレッシュチーズ二層のムースにトマトクーリとオリーブオイルを合わせて」

朝田はまだまだ料理の紹介を続けたいようだったが、もうみんなは我慢ができない。

「いただきます！」

いっせいに、七人の手がのびた。

「ええと、そちらは仔羊の香草パン粉焼き。イカ墨を練り込んだタリオリーニにイカとアサリのソース。豆腐を軽やかにフムスに仕立てて、そちらはパンと一緒にどうぞ」

朝田はにっこり微笑みながら、みんなの顔を見渡した。でも七人はひとくち口に入れた後、微妙な表情を浮かべ、黙り込んでいる。

「え？　あの何か……」

朝田は不安な表情を浮かべた。

「これ、ヨシくんとこのトマト？」

最初に口を開いたのは、亘理だ。

「え？」

朝田が亘理を見る。

「おまえ、チーズ食ってみろ。たいへんなことになってるぞ」

芳樹は亘理の質問には答えずに、言った。

「このラムやべぇ……」

石村は思いきり顔をしかめている。

「……え」

朝田は不安げにみんなを見ているが……。

「僕、明日もこれ食べたい！」

野添が笑顔で声を上げると、みんなもうんうん、と頷いた。

「やべぇぞ、やべぇ……」

石村はそう言いながら、ラム肉を次々と頬張っている。

「今日だけですから!」

朝田は安心したように、かたかった表情をほころばせて、晴れやかに笑った。

「ママ、潮莉も毎日食べたい!」

「ママには無理かな。シェフにお願いしてみよっか」

「ちょっと、奥さんまで」

そう言いながらも、朝田は嬉しそうだ。

「週二でいい、作りに来い」

石村が言う。

「僕、札幌に店があるんですって! そっちに来てくださいよ」

「そうよ、一流シェフは忙しいのよ。しかもイケメンだし」

美智が石村を肘で小突く。

「顔は関係ねえだろ。なんだよ、ドサクサに紛れて」

「でも、特別なモノは何も使ってないのに、こんなにおいしくなるなんて。さすがねー」

こと絵が言うと、朝田は照れ隠しなのか、近くにいた野添の肩をバシバシ叩いた。

「痛てっ」

「いやいや僕もすごいんですけど、この食材は特別すごいモノなんです！」

「そう？」

野添が言う。

「朝市でこの食材に出会ったとき、僕は興奮しました。あの、できれば、みなさんのお仲間に入れていただきたい」

朝田は改まって、背筋を伸ばす。

「えー、どうします？」

「どうしようかなー」

亘理と石村はからかうように言った。

「いいよー。潮莉、友だちになってあげる！」

「しおちゃん、早いなー」

亘理がツッコんだが、潮莉はニコニコしながら、手に持っていた黄色い花を朝田に差し出した。朝田は手ではなく口で受け取った。

「また食べた！」

亘理は声を上げた。

「うん、ナスタチウムですね。この辛みがいい」

朝田は満足げだ。

「あんた、ホントなんでも食うんだな」

石村が呆れて言い、みんなで笑っていたが、さっきから神戸が黙っている。

「あれ？　どしたの、神戸ちゃん、食べないの？」

亘理は声をかけた。

「あ、はい……」

神戸は自分の牧場の羊肉を提供したメインディッシュの皿にまったく手をつけずに、目を伏せている。

「神戸ちゃん、もしかして……」

亘理は神戸の顔をのぞきこんだ。神戸はさらに、うつむいてしまう。

「おまえ、自分んとこの羊、まだ食ったことねえな？」

石村が容赦なく尋ねる。

「はい。今朝も工場に連れて行ったとき、目が合って……」

「おまえが食わないでどうすんだよ。客に食わせてんのに」

「でも、この子、僕がここに来てすぐ生まれた子なんですよ……」

神戸はラム肉を見て顔をこわばらせた。

「亘理、おめえんところも、食べるよな」

芳樹が言う。

「うん、もちろん。潮莉もこと絵も、みんな食べるよ」

「だって、ミルクやチーズとは違うじゃないですか」

神戸は口を尖らせた。

「ウチは、乳牛ばっかりだけどさ、オスもいるんだよ。基本的に、毎年、メスが生まれるように種付けするんだけど、それでもたまにオスも生まれるんだよ。生まれた命は大事でしょ？　二歳くらいまで育てて、家族や親戚みんなで全部、残さず食べるよね」

「え……」

神戸は亘理の話を聞き、言葉を失っている。

「おまえ、こっち来てもう三か月だろ」

芳樹は言った。神戸は抗議するような表情で芳樹をにらんだ。

「神戸くんの羊、おいしいよ」

こと絵が神戸に微笑みかけた。こと絵は、さっきからずっと、神戸の様子を観察していた。神戸が自分と同じように、何かから逃れるようにここにやってきたことを見抜いていたのかもしれない、と亘理は思った。こと絵は実に勘のいい人だから。

こと絵の言葉を聞いた神戸は、ふう、とひとつ大きく息をつくと、覚悟を決めたように両手を胸の前で合わせた。

「……いただきます」

神戸はナイフで肉を骨からはがし、口に放り込む。

「……うまっ……うまいです」

神戸の涙声を聞いて、みんなは笑った。

「うまいのよ」

「おいしいね」

亘理と潮莉が言うと、神戸は感極まって涙を流した。

「あれ？　すいません……」

「やだー、泣かないで」

美智が声をかける。

「泣くほどうまいってことだね。自分が一番感動してる」

亘理は頷いた。

「わかったか、神戸。それが世界平和だ」

石村が言う。

「いや、話がデカすぎて、全然意味わかんないです」

神戸は泣きながら言った。

「なんて素晴らしいんだっ！」

朝田が高らかに声を上げた。両手で口を押さえ、むせび泣いている。

「何よ？　突然？」

まったく大げさな、と、亘理は朝田を見つめた。

「僕は誓います。この子たちに感謝して、誠心誠意おいしい料理を作り、世界の平和に役立ちます」

朝田は片手をあげ、もう片方の手を胸に当てて誓った。相変わらずのオーバーアクションだ。

「は？」

亘理たちは呆気にとられていたが、

「あ！　来た！　来た！　来た！」

突然、野添が窓の外を指さしながら立ち上がった。

「おー、マジか？」

「え、来たの？」

「どこだどこだ？」

亘理たち男性陣は野添に続いてテラスに出ていった。

「どうしたんですか？」

朝田も何事かと追ってきた。

「ちょっと、神戸ちゃんもこっち！」

亘理は手招きをする。

「えぇぇぇ？」

神戸はうんざりした顔つきでテラスに出てきた。テラスからは海が見えて、実に気持ちいい。夕暮れ時の海は、水色とピンクの絶妙なグラデーションに輝きながら、穏やかに凪いでいる。

「なんだ、おまえ、信じてねえのか」

芳樹が神戸をにらみつけた。

「信じてるんですか？」

「おぅ」

ふたりのやりとりにはかまわず、野添は先ほどから両手を空に向かって伸ばしたり、そのままスクワットのように膝を曲げて構えの姿勢をとったりしている。

「始まった、始まった……来るよ」

石村は言った。

野添は何度かテラスで足を踏み鳴らしたかと思うと、大きく両手をかかげ、その手を前後にゆらゆらさせながら歩き出した。

「さぁ、いこ、いこ、いこ」

芳樹、石村、亘理は、野添の後について踊り始めた。

「これ、何をしてるんですか？」

神戸は、つい先ほど泣いていたとは思えないほど冷めた声で尋ねた。

「呼んでるんだよ」

亘理は平然と答えた。と、朝田も見よう見真似で一緒に踊り始めた。

「えぇー？　嘘でしょ？」

「ほら、君も早く！」

朝田は神戸に手招きをした。

「あーもう！」

神戸もヤケになって踊り始めた。みんなは手首をしなやかに動かしているが、神戸の動きはかなりぎこちない。しかも、へっぴり腰だ。

「チナルミー！」

野添が声を上げる。

「チナルミー！」

亘理たちも後に続き、

「ハイ、ハイ、ハイ！」

と、手拍子を打つ。

「メグミナー！」

「メグミナー、ハイ、ハイ、ハイ！」

こと絵たちは食卓からテラスの様子を見ていた。

「神戸くんも朝田シェフも、変なヤツだったか……」

美智が呟く。

「完全になじんじゃってる」

こと絵は頷いた。

「みんなもう友だちだね」

潮莉が笑顔で言うと、

「だね」

「うんうん」

こと絵と美智も頷く。

やがて、空が群青色に染まってきた。

「チイコーー！」

野添たちの歌は、まだ続いていた。

*

夏の終わりの入道雲が、青空を流れていく。

神戸はいつものように、羊たちの世話をしていた。昨夜、ＵＦＯを呼ぶ踊りにつきあわされたせいか、全身が筋肉痛だ。だけど、神戸の心は昨日よりもずっと軽かった。

乾草(ほしくさ)をやり終えた神戸は、柵の外から羊たちを見守っていた。

同じ頃、潮莉は牧場のそばに設置してあるテーブルで、絵を描いていた。

「しおちゃん、何描いてんの？」

搾乳をしていた亘理は、潮莉に声をかけた。

「昨日のレストラン」

画用紙の真ん中に大きくテーブルが描いてあり、昨日の料理が、かなり忠実に再現されていた。テーブルを囲んでいるみんなは、もちろん笑顔だ。

「おいしかったねー」

亘理の搾乳を手伝っていたこと絵が、潮莉に微笑みかける。

「うん！」

「でもね、あそこレストランじゃないんだよ」

亘理が言うと、潮莉は「え？」と驚いている。

「ここには、ああいう料理が食べられるレストランは、ないもんねー」

こと絵は残念そうに言った。

「佐弥子さんにも、食べさせてあげたかったなあ」

潮莉が言う。

「そっか。そうだよな……あ！」

亘理の頭に、あるひらめきが浮かんだ。

その夜、亘理は佐弥子のアトリエに、昨夜の男衆を集めた。アトリエ内のテーブルを借り、集まったみんなに亘理が作った資料を配った。佐弥子はコーヒーを飲みながら、これから始まる会議の様子を眺めている。

「では、レストラン開店につきまして、みなさんからもし、ご意見ございましたら今、お聞きしたいと思います。何かありますか？」

亘理はみんなから意見を募ることにした。

「はいはい！」

すぐに野添が手をあげた。

「会場は、やっぱ海の見える建物がいいよね？」

「BGMはね、やっぱね、ジャズの生演奏で決まりでしょ」

芳樹が言う。

「それよりも、ウェイトレスなんだよ。せっかくだから写真審査を……」

石村が言いかけたが、

「いやいやそんなことよりさ、BGMを決めるのが絶対いいって」

芳樹がさえぎる。

「待て。とりあえず俺の話を聞け」

ふたりが揉めていると、

「はいはい！　でっかい水槽もってきて！　でっかい水槽」

野添が両手を広げながら言う。

「わかった。ノンちゃんの提案、一回聞こうよ」

亘理が言ったが、

「ヨシ！　おまえ、ジャズって顔かよ？」

石村はまったく聞いていない。

「顔関係ねぇだろ！　石さんには音楽わかんねぇからよ。ジャズがいいんだよ。絶対だよ」

芳樹も即座に応酬する。

「自分の顔見てみろよ」

「顔関係ねぇって言ってるだろ」

「わかった、わかった……」

亘理が仲裁に入ろうとしても、ふたりの言い合いは止まらない。呆れ果てた朝田が立ち上がり、窓から夜空を眺めた。

「……君たちに聞いた僕がバカでした。シェフ、どうぞ」

亘理は朝田に声をかけた。

「メニューはイタリアンのフルコースで行きましょう」

「はい」

亘理が頷くと、朝田はタブレットを持ち出し、説明を始めた。

「アンティパストには富永農場の新鮮な野菜を使ったインサラータ」

「おー」

タブレットに表示された鮮やかなサラダの画像を見て、みんなは声を上げた。

「インサラータ？」

だが石村は首をかしげている。

「プリモ・ピアットとしては…」

朝田はかまわず、次の画像を見せた。白い器に、スープが注がれている。

「プリ……プリモ？」

「なにこれ？」

「え？」

プリモ・ピアットとは前菜と主菜の間に出る料理のことらしいが、みんなはわかっていない。もちろん、亘理も知らなかった。

「地元で採れた野菜と魚介を盛り込んだズッパ」

「ズッパ……」

「ズッパ？」

ズッパというのはイタリア語でスープのことだと朝田が説明したが、やはりみんな、首をかしげている。

「セコンドピアットは……」

次に出てきたのは肉の画像だ。

「肉と魚の二種類で、たとえば、マトン肉のローストに……」

「うわ…おいしそうじゃん……」

みんなはごくりと喉を鳴らした。

翌日、さっそく朝田がバケーションレンタルのキッチンで実演してくれることになった。

まずはメインの羊肉だ。神戸が持ち込んだ肉を朝田が焼き、次々と皿に並べ、さまざまなスパイスを振りかける。

「まず、これ、試してみて」

朝田は神戸に、食べてみるよう言う。

「これ、マトンですか？　匂いが変わりました……」

神戸は目を見開いた。

「ほら、羊も女性も大人がいいんですよ」

そう言って朝田はワイングラスを傾けた。

「はあ……」

神戸は朝田が言ったその言葉を、頭の中で反芻（はんすう）していた。

石村と芳樹は、会場を確保するために役場を訪れていた。

「お願いします！」

ふたりは役場の担当職員、稲熊（いなくま）に頭を下げた。

「無理ですよ。あの会場は、街のイベントで使うためのものなんですから」

稲熊は聞く耳を持たず、ふたりを振り切るように、早足で役場の駐車場にある車に乗り込もうとする。

「そこをなんとか……」

ふたりはなおも追いすがった。

「あ、そうだ。穫れたての新米をちょっとあげますよ。無農薬で、おいしいですよ」

「けっこうです！」

稲熊は車に乗り込んだ。

「ちょっと、開けてください！」

ふたりは窓を叩いた。稲熊がうんざりした表情で窓を下ろす。

「炊きたての新米は超おいしいですよ。口の中に入れるじゃないですか、甘みがフワーっと広がって……」

「なんなら、あの、うちのトマトも付けますから」

「私、トマト嫌いなんで！」

稲熊はそれだけ言うと、車を発進させた。

「ケチだなーあの人」

「ったく、トマト嫌いだって言うじゃないか。よけいなこと言ったな」

石村は芳樹の頭をポンとはたいた。


亘理は、大谷のチーズ工房にやってきた。大谷は亘理が持ってきた原料乳を鍋に入れ、攪拌する。それらの作業を、亘理は真剣に見つめていた。

大谷が工房の二階に移動したとき、持ってきたチーズをチェックしてもらった。

大谷はいつもの机に座り、亘理のチーズをカットした。裸電球がひとつ点いているだけの薄暗い工房で、大谷はチーズの手触りをたしかめた。

「大谷さん、あの、僕たち、レストランをやろうと思っていて。この前アトリエに集まって、石さんたちと話し合ったんですけど、みんなも賛成してくれて……」

亘理の話を聞いた大谷は、コホコホ、と咳き込んだ。その咳がやんでから、この日初めて、亘理の顔を見た。

「そのレストランは、なんのためにやるんだ」

「なんていうか、シェフが作った料理がホントにうまかったんで、町のみんなにも食べてもらいたいなぁと思って」

「それだけか?」

「……それだけです」

「相変わらず、おまえたちは学生気分だな……」

「それで…そこで、大谷さんのチーズを出せたらな、と……」

これが、今日一番言いたかったことだ。

「俺のチーズ?」

「お願いします」

亘理は頭を下げた。

「一番おいしいのを食べてもらいたいんです。だから、大谷さんのチーズじゃないとダメなんです。お願いします！」

改めて、深々と頭を下げた。そのまましばらくそうしていると、大谷のため息が聞こえた。

「いつだ」

「え？」

亘理は顔を上げた。

「レストランだよ」

「二か月後です」

「そうか、わかった」

「本当ですか？」

亘理は目を輝かせた。大谷は立ち上がって次の作業に移ってしまい、それ以上何も言わなかった。

「ありがとうございます！」

亘理は礼を言い、チーズの感想を聞くのも忘れて、工房を飛び出した。

「しおちゃん、帰るよ！」

亘理は弾むように、アトリエに戻ってきた。亘理がここに来るついでについてきた潮莉は、佐弥子と絵を描いて待っていた。

「はーい」

「よし、片づけしようか。上手じゃない、今日も」

潮莉はスケッチブックを閉じて、色鉛筆を片づけ始める。

「嬉しそうな顔しちゃって」

キャンバスに向かっていた佐弥子が、亘理に声をかけた。

「佐弥子さん、大谷さんチーズ作るって言ってくれたんですよ」

「私は、亘理くんのチーズが食べてみたいけどなー」

「僕はまだ修行中の身ですから。でも僕のチーズができたら真っ先に食べてもらいますから」

「あら、光栄だわ」

「……にしても、なんかあったんですか、大谷さん」

「どうして？」

「いやなんか……いつもよりやさしい、っていうか」

「美智さんとこの風邪薬、頑固にも効くのかしら？」

「へ？　風邪ひいてたんですか？」

「このところ、朝晩冷えるから」

「そうですよね。佐弥子さんもお大事にしてください」

亘理はスクーターにまたがった。

「ありがとうございました！　さようなら」

潮莉は佐弥子に声をかけて、自転車をこぎだす。

「パパ！　先行ってるね」

「おう、パパもすぐ行くよー」

「ふふふ、張り切りすぎて転ばないでよ」

佐弥子は亘理に声をかけた。

「はい、お任せください！　最高のレストランを開きまーす！」

＊

季節は駆け足で過ぎていき、あたりは一気に秋めいてきた。

亘理たちの朝は、牛を放牧地に連れていくことから始まる。連れていくといっても、牛舎から出すと、牛たちは緑のトンネルになっている〝牛道〟を通って自分たちで放牧地に向かう。亘理と潮莉はあとからついていくだけだ。

「おーい、おーい、キューちゃんあっちに行くんだよー」

潮莉は、一頭マイペースな牛に声をかけた。


お昼ごはんの後、亘理は放牧した牛の搾乳をしていた。こと絵は藁を集め、潮莉はふたりのそばで絵を描いている。

「亘理くん、レストランで、うちは何を出すの？」

「バターと生クリーム……あっ、あと、ことちゃんのお手製アイスも、お願いします」

亘理は上機嫌で答えた。

「……そっか」

　こと絵は一瞬間をおいたけれど、すぐに頷いた。

　日もどんどん短くなってくるので、午後の作業は手早くやらないといけない。

　それから牛の世話の合間に工房にこもって、亘理はチーズを作った。鍋の中で固まりだした原料乳を攪拌し、鍋の中に手を入れて攪拌の状態を見る。そして、楽器のハープのようにピアノ線を張ったカードナイフを使って、小さく細切りしていく。

　工房を出ると、水平線に、だんだんと夕陽が沈んでいくところだった。ススキの穂が、淡い紫色とオレンジ色に染まった海を背景に、黄金色（こがねいろ）に輝いていた。

　夜、潮莉を寝かしつけた後、亘理がリビングに出てくると、こと絵がテーブルにノートを広げ、帳簿をつけていた。亘理はコーヒーを淹れて、マグカップをこと絵の前に置く。

「ありがとう」

一口飲んで、こと絵は首を回した。亘理は肩を揉み始める。ふたりは自然と笑顔になった。

日常は穏やかに過ぎていく。亘理の中では、レストランオープンに向けての情熱の炎が、ふつふつと燃え上がっていた。

神戸と野添は、朝田のもとに来ていた。

「完成！」

鍋つかみをはめた朝田が、キッチンからホーロー鍋を持ってくる。

「おおおおおー！」

ダイニングにおいしそうなにおいが広がり、神戸と野添は思わず拍手をした。

「おーい！」

芳樹のトラクターと石村の車が、バケーションレンタルの前に走りこんでくる。

「会場、ＯＫとれたぞ！」

石村がどや顔で中に入ってくる。

「やったじゃん！」

野添が親指を立てた。

「で、で、で？　メニューの方は？」

芳樹がテーブルの上の鍋をのぞきこむ。

「これでどうだ！」

朝田は蓋を開けた。魚介たっぷりのアクアパッツァだ。ローリエやローズマリーの香りが漂ってくる。

「いいねぇー！」

四人がいっせいに声を上げた。

「現時点での予約数は？」

朝田が石村に尋ねる。

「六十一名。まだまだ増えるんじゃないかな」

「いいねぇー！」

今度は朝田を含む四人が声を合わせる。

「亘理さんは？」

神戸が尋ねた。

「大谷さんと、うめぇチーズ、作ってるよ」

芳樹の答えに、もちろんみんなで、

「いいねぇー！」

と、声をそろえた。


その頃、亘理は大谷にチーズを見てもらっていた。チーズのかけらを包んだ紙を開き、折りたたみ式のカッターナイフで切ろうとしたが、大谷はしばらく考えて、ナイフを折りたたんでしまった。

「亘理、おまえはなんで、チーズを作ってる？」

「……え」

亘理は言葉に詰まった。

「言ってみろ」

「……笑っちゃったからです」

亘理は真面目な顔で言った。

「オヤジが死んだとき、大谷さんに食わせてもらったチーズ。うまくて、笑っちゃって。うまく言えないですけど……救われたんですよね、俺。大谷さんのチーズに」

「……亘理、おまえもう、ここに来るな」

大谷は、静かに、だがきっぱりと言った。

「え？」

「これが最後だ」

「え？　なんでですか？　大谷さん……そんな、見捨てないでくださいよ。大谷さんのチーズ教えてください。大谷さんいないと、どうしていいかわからないですから……大谷さんのチーズ教えてください。お願いします」

お願いします、お願いします、と、亘理は何度も頭を下げた。

「おまえには、俺のチーズは作れない。いいか、亘理……おまえは……」

大谷は、亘理の目を見つめた。亘理は次の言葉を待った。でも……。大谷は座っていた椅子から、崩れ落ちた。

「大谷さん！　大谷さん？　大谷さん?!　どうしたの？　大谷さん」

亘理は床に倒れた大谷に声をかけた。だが大谷は、意識を失っているようだ。

「大丈夫ですか、大谷さん！　やばい……」

亘理は転がるようにして階段を下り、アトリエに向かって叫んだ。

「佐弥子さん！　佐弥子さーん！　佐弥子さーん、大谷さんが！」

亘理はもう一度階段を上った。大谷は先ほどと同じ格好で倒れている。

亘理がしゃがみ込み、大谷に声をかけている。

「大谷さん、何があったの？　大谷さん！　聞こえる？　大谷さん？」

大谷の上半身を起こし、頬を叩いてみたけれど、反応はない。

「佐弥子さん！　佐弥子さーん！」

「亘理くん！」

階下でドアが開き、佐弥子が倒れ込むような、派手な音が聞こえてきた。

「佐弥子さん？　救急車！　救急車呼んでください！」

「……大丈夫、大丈夫なの。今……美智さんにも連絡したから。もうすぐ……来るから……」

佐弥子の絞り出すような声に続いて、嗚咽が聞こえてきた。

机の上では、置き去りにされたチーズをくるんだ紙が、風に揺れていた。

大谷は意識が戻らないまま、美智が看護師として勤務しているひまわり診療所へと運び込まれた。亘理は待合室で、大谷の無事を祈った。どれぐらい時間が経っただろう。夜も更け、診療所内には誰もいなかった。

「亘理くん……」

駆けつけたこと絵が、ベンチにぽつんと座っている亘理の隣に腰を下ろし、手をぎゅっと握ってくれた。

と、そのとき、緊急処置室のドアが開き、美智が出てきた。反射的に立ち上がった亘理とこと絵の顔を見て、美智は力なく首を振った。

亘理はそのまま、膝から崩れ落ちた。

*

通夜の前、こと絵と美智は佐弥子を囲むようにして、アトリエの前のベンチに腰を下ろしていた。

アトリエの中には、佐弥子が描き上げた大谷の肖像画が飾ってあったが、大谷本人は、完成した絵を見ることなく逝ってしまった。

三人は無言で、前を向いて座っていた。小川のせせらぎの音と、風が木の葉を揺らす音が、三人を包み込んでいる。

はあ……。

佐弥子が大きなため息をつき、口を開いた。

「ここにもずいぶんお世話になったわね。三十七年、あっという間だったな」

「佐弥子さん、これから……」

こと絵は遠慮がちに口を開いた。

「札幌の姪っ子にお世話になるわ」

佐弥子の答えを聞いた美智が「え？」と声を上げる。

「この脚じゃねぇ。なかなか……」

佐弥子は、悪い方の脚に触れ、ふっと笑う。

「そんな……私、お手伝いに来ますから」

美智は言ったが、佐弥子はうっすらと笑い、首を横に振った。

「ううん、いいの。もう、ワガママな患者はあの人だけで十分よ。入院しないって意地張っちゃって……あなたには、ずいぶん迷惑をかけたわね」

佐弥子は、手を伸ばして美智の手を握った。美智は涙を流し、背中を震わせている。

「ありがとう」

「……すいません」

美智の泣き声を聞き、こと絵もこらえていた涙が目に浮かんできた。佐弥子はもう片方の手でこと絵の手を握り、引き寄せた。

「あなたたちには感謝してる。ふたりとも、旦那さまといつまでもお幸せに仲良くね」

佐弥子はふたりの手を握る手に、力を込めた。

家に戻ったこと絵は、牛舎に入っていった。こんなときでも、牛の世話はいつも通りしなくてはならない。

と、亘理の背中が目に入った。何もせずに、ただぼんやりと牛の横に座っている。

「……亘理くん」

「ああ、ごめん……」

亘理は搾乳作業に戻り、手を動かした。

神戸は、ついに大谷本人に会わないままだった。工房にいる姿をチラッと見たことはあったが、それだけだった。ちゃんと挨拶をすべきだったと後悔しながら、葬儀に参列した。

葬儀を終え、神戸は石村たちと一緒に大谷家を出て、坂道を喪服姿で上っていた。芳樹は両手をズボンのポケットに突っ込み、みんなより先に歩いていく。

「亘理さん、どうしたんですかね？　途中でいなくなっちゃったけど」

神戸はきょろきょろとあたりを見回した。

「いや、少し、そっとしといてあげよっか」

野添が言う。

「レストラン、楽しみですよね」

神戸はあえて明るい調子で言ったが、

「それどころじゃねえだろ」

振り返った芳樹に怒鳴られた。

「石さん、知ってたのか、大谷さんのこと」

芳樹はそのまま、怒りを石村にぶつけた。

問われた石村は、黙っている。

「美智さんに、聞いてたんだよな。なんで、俺らに何も言わないんだよ？　こんなにしょっちゅう顔突き合わせて、よく何も言わないでいられたな。信じらんねえよ」

芳樹は石村に詰め寄った。野添が慌てて、芳樹の肩を叩く。芳樹は怒りがおさまらない様子だったが、再び歩き出した。

「知ってたらなんだよ？　おまえ、病気治せんのか？」

ずっと黙っていた石村が、芳樹の背中に向かって言った。

「はぁ？」

芳樹が振り返る。

「美智や俺がどんなに辛かったか。おまえにはわかんねえだろう」

声を荒げる石村に、芳樹はつかみかかった。

「はいはい、もう帰ろ。帰ろ」

小柄な野添が、大柄な芳樹を押し戻した。その間に、石村はさっさと坂道を上っていく。芳樹は野添の手を乱暴に振りほどき、石村とは距離を置いて、歩き出した。

神戸はその場に立ちつくしたまま、歩き去っていく三人の後ろ姿を見ていた。

亘理は潮莉と一緒に、大谷の工房と佐弥子のアトリエの間を流れる小川に下りていた。木の枝を手にした潮莉は小川のそばに落ちている、きれいな葉っぱを拾っては、しゃがんでいる亘理に渡す。

「あ、パパあれ見て」

「ん？　すべんないでよ」

「いろいろな色の石ー」

「石もいいね、よしこれも持っていくか」

「うん！」

潮莉は頷き、また石を探そうとする。

「亘理くん？」

と、声がしたので橋の上を見ると、佐弥子が呼んでいた。

「ちょっといいかしら？」

「はい……」

亘理は立ち上がった。佐弥子はチーズ工房の方へと歩き出した。

佐弥子はチーズ工房の鍵を開けた。ギイと音を立てて、大きな木の扉が開く。

「使えるものがあったら持っていって。あなたに使ってもらったら喜ぶわ」

佐弥子は言うが、亘理は足が動かなかった。

「亘理くん?」

「すみません、やっぱ無理だなぁ……なんだろ。入れないや」

亘理はただただ困惑し、苦笑いを浮かべた。目の前には、いつもと同じ光景が広がっている。でも中に大谷がいないと、工房全体の空気がまったく違う。まるで時が止まっているようだった。そして、工房の壁も天井も道具たちも、大谷の不在を悲しんでいるように見えた。ここは、大谷がいて初めて完成する場所なのだと、亘理は痛切に実感した。

「おかしいなぁ……」

工房全体に、悲しみが満ちていた。その悲しみに呑み込まれるのが怖くて、亘理は後ずさった。自分でもよくわからないのだが、とにかく足が前に動かない。

「すいません」

そして佐弥子に深く頭を下げ、橋の方に引き返した。

片手で口元をおさえ、苦悩するような顔つきで、亘理がアトリエの方へ引き返してくる。こと絵はその様子を、アトリエの窓から見ていた。

佐弥子はチーズ工房の前に立ち、杖に全体重をかけるようにして、じっと立っていた。

「魔法の杖を使って、ダンスをしましょうー」

アトリエ内には、潮莉がひとり、無邪気に遊んでいる声が響いていた。

＊

翌朝、こと絵は太陽と共に起きた。庭のハーブを摘み、朝食の支度(したく)にかかる。

亘理と潮莉は外に出ていった。牛舎から放牧場まで、牛と一緒に歩くのだ。

こと絵が窓からあたりを見回すと、野山が色づいてきた。だんだんと雪の季節が近づいているが、今はまだその気配はない。

ご飯の支度ができたので外に出ると、亘理がぼんやりと牛を撫でている隣で、潮莉は絵を描いていた。

「ごはんですよー！」

こと絵はふたりに向かって両手を振った。

「はーい！」

潮莉の高い声が響き渡る。

「お、おいしそうだね」

手を洗って家の中に入ってきた亘理は、テーブルの上に並んでいる料理を見て言った。

「うん」

こと絵はミルクを注ぎながら頷いた。

「しおちゃん、食べるよー」

「はーい」

亘理は走ってきた潮莉を抱きとめて椅子の上に乗せた。

「いただきまーす！」

窓の外の牛に感謝をして、そのあとで三人でテーブルを囲んで、料理に手を合わせる。

「せーの」

「いただきます」

ぱくり、と、チーズトーストにかじりつく。

何も変わらない、いつもの通りの朝だ。

「パパ、潮莉の補助輪取ってほしい！」

と、潮莉が突然、亘理の方に身を乗り出して言った。

「え？　本当に？　怖くない？」

「平気だよ。パパが教えてくれれば」

「おー、わかった！」

こと絵はふたりの会話を聞きながら席を立ち、コーヒーを淹れ始めた。

「じゃあ、お昼ご飯食べたら特訓しよう」

「やったー、約束だよ！」

「転んでも泣かないでよ」

「うん！」

「しおちゃんはすごいなあ」

亘理は手を伸ばして潮莉の頭を撫でた。

こと絵はその様子を、目だけを動かして見た。潮莉をいとおしそうに見つめる亘理の横顔はいつもと同じように見えたが……。こと絵は亘理の表情をよく観察した。


昼食を食べた後、こと絵はスパナを使って潮莉の自転車から補助輪をはずしていた。

「よし、はずれた」

「ママ、パパは？」

潮莉に言われて、こと絵はチーズ工房を見た。昼食後に少し作業をしたいからと工房に入ったけれど、出てくる気配がない。

「んー、まだもうちょっとお仕事みたいだから待っててくれる？」

「うん。乗れるかな？」

「練習したら乗れるよー。よし、できた！」

「ありがとう！」

潮莉は自転車のハンドルを持ち、押し始める。

「ゆっくりね」

「うん！　牛さんたちに見せてくるー」

潮莉は自転車を押しながら、牧場の方へ歩いていった。


こと絵はそっと、工房のドアを開けた。だが、亘理の姿はなかった。鍋の中には、半分固まったような原料乳が、そのままになっていた。攪拌の途中で放り出してしまったようだ。

こと絵はドアを閉め、奥の熟成庫へ向かった。亘理は一段高くなっているスペースに腰を下ろし、ぼんやりとしていた。

「大丈夫？」

声をかけると、亘理はゆっくりと顔を上げた。

「あ、ああ……」

驚いたような表情を浮かべて、こと絵を見ている。

「あっ、ちょっとね……ミルク無駄にしちゃうな……」

亘理はそばに置いてあった帽子をかぶった。立ち上がって作業に戻ろうと、こと絵の方に歩いてくる。心ここにあらずといった表情の亘理を、こと絵はふわりと抱きとめた。

「今日は、やめよう……」

こと絵に抱きしめられた亘理は、大きく息をついた。そしてこと絵の背中に手をまわし、肩を震わせた。

亘理が工房から出てくると、潮莉は外のテーブルで絵を描いていた。そばに、補助なしの自転車が立てかけてある。亘理はハッとして、潮莉の小さな背中に声をかけた。

「しおちゃんごめん。練習しよっか」

「うん！」

潮莉がとびきりの笑顔で振り返る。

「じゃあ、あっちのコンクリートの道のところでやろう」

「パパそこまで押してくれる？」

潮莉は自転車にまたがった。

「パパが押すよりもしおちゃんが足で地面をキックしながら進んでごらん」

「こう？」

「そう。ゆっくり、ゆっくりね」

それから、亘理は、潮莉と補助なしの自転車に乗る練習をした。何かに集中していたかった。

秋になり、だいぶ日が短くなってきたので、練習は早めに切り上げた。

「パパ！」

潮莉は自転車を横倒しにして、丘の上に座って手招きをする。

「ん？」

「もうちょっと、ここにいよ」

見ると、目の前の海に、夕陽が沈んでいこうとしている。

亘理は潮莉とふたりで、太陽が水平線に沈みきるまで一緒に眺めた。

*

神戸は海沿いの道を、笑顔で歩いていた。

これまでの人生、神戸は常に優等生だった。とくに努力しなくても、勉強はできた。小学生の頃からずっとクラスで一番背が高くて、何かと目立っていて、よく学級委員や班長に選ばれるタイプだった。でも、言われたことはそつなくこなすけれど、自分から何かをしようと動く性格ではなかった。あくまでも枠の中で決められたことをやるだけ。誰かのために何かをしようと思う性格ではない。東京にいたときは恋人がいたこともあったけれど、物足りない思いをさせてフラれることが多かった。

そんな神戸が、あることを思いつき、どうしても実行したくなった。そして今、港への道を、弾んだ気持ちで歩いていた。

港に着くと、野添が網や籠を船に運び込んでいた。そっと近づいていって、後ろに立つ。

「わあ！」

野添は驚いて、思わず手に持っていた籠を落とした。

「どうもー！」

神戸は明るく挨拶をした。

「な、なに？　いきなり？」

「ノンちゃんさん、漁に出るまでまだ時間ありますよね？」

「まあ、あるけど……何？」

「じゃあつきあってください！」

神戸はたくらむような笑みを浮かべた。

佐弥子のアトリエからは、キャンバスや画材はすべて運び出されてしまい、がらんとしていた。そのアトリエの前庭で、野添は焼き網を出して大きなエビやホタテを焼き始めた。

石村はビールを飲みながら、テーブルにパンやワインを並べている。

「なんか曲がってるな」

意外と神経質なのか、石村は、テーブルクロスのしわを丁寧にのばしていた。

「いい匂いだな」

石村は焼き物の匂いに誘われ、近づいていく。

「こっちのエービはうーまいぞー」

野添は、焼き網の上をうちわでパタパタと仰いだ。

「こっちのめーしもうーまいぞー」

飯盒(はんごう)で飯を炊いていた神戸は、土鍋の蓋を開けた。野添の指導を受けて作った、パエリア風炊き込みご飯だ。石村はごくりと喉を鳴らした。

「来たーーーっ」

さっきからそわそわと坂の上の様子を見にいっていた芳樹が、小走りに下りてきた。亘理がやってきたようだ。

「あっ、来ました？」

神戸たちは坂の上の様子をうかがった。

「あれ？」

石村が声を上げた。

「やってるねぇー」

亘理は、こと絵と手を繋いで登場した。

「やってるね、じゃねーよ。なに手繋いでんだよ」

芳樹が叫んだ。

「いえーい」

アトリエの方に下りてくる道から、ふたりが繋いだ手をかかげる。

石村が叫ぶ横で、

「そうだよ。おまえ、遅いよ。早くしろよ」

「なんかいいなー」

神戸は心底うらやましくなって言った。

「見てみて、獲れたてだよ！」

野添がおいでおいで、と手招きをする。

「いいの入ってるね、船長ー」

「もう、始めんぞ」

「早くー」

「おせぇよ」

石村も神戸も芳樹も、もう待ちきれない。

「今行くよー」

亘理がようやく下りてきた。

「見てみろよ」

石村は網の上を指した。

「もう焼けてんじゃん」

亘理が網の上のエビをのぞきこむ。

「遅いんですよー」

神戸は亘理の表情をうかがいながら言った。

「すごーい。お、こっちはパエリア？」

亘理は笑顔で声を上げた。その顔を見て、神戸はホッと胸を撫でおろす。こと絵は少し離れた場所で、微笑みながら見守っていた。そしてふと、がらんとしたアトリエの方を見て、笑みをひっ込めた。

「大丈夫そうじゃん、アイツ」

石村がこと絵に近づいていって、こっそり声をかけていた。

「うん……」

「食べてかないの？　潮莉ちゃんだったら、美智が見てんだからさ。食べていきなよ」

「でも……」

「いや、ほら俺たちだけだと酒飲みすぎちゃうかもしれないからさ、ね？」

石村はこと絵の腕を引き、テーブルの方に連れてきた。


「献杯！」

みんなはジョッキを合わせ、ビールをあおった。酒はそんなに強くない神戸だが、喉も乾いていたし、みんなに合わせて思いきりあおった。

「つかー、やっぱり労働の後の一杯はうめーな」

「いや石さん、さっきから飲んでたし」

「それに労働っていってもテーブルクロスかけただけだよ?」

芳樹と野添が言う。

「テーブルクロスという大地がなかったら、料理という花は咲かないぜ?」

「咲かないぜ、じゃないですよ」

神戸もツッコんだ。

「それ、全っ然うまくねえから」

「うるせぇな。ヨシこの野郎!」

石村は芳樹の首にかかったタオルで首を絞めようとする。

「いてて、ギブギブ!」

芳樹はじたばたと手を動かした。

「ふたりとも! こういうときぐらい、おとなしくしてください」

神戸は笑いながら止めに入った。

「いや、こういうときだからこそ、ワイワイとやるもんなんだよ」

石村が言うと、

「そうそう。俺たちにしんみりされたって大谷さんだって困るって」

亘理が明るく同意した。でも、なんと返したらいいのかわからず、神戸もみんなも一瞬、黙り込んだ。

「いや、だから、言ったそばからしんみりしないでよ！」

亘理が笑う。

「おまえのせいだぞ、神戸ぇ」

石村は神戸をにらんだ。

「え、僕？」

神戸は目を見開いた。

「責任もって盛り上げろよ」

芳樹は相変わらず神戸に厳しい。

「早く」

亘理も神戸をあおってくる。

「え……よぉぉし、今夜は飲むぞ、おー！」

神戸は立ち上がってジョッキをかかげたが、思いきりこぼしてしまった。

「おいおい！」

「おまえ、こぼすなよ！」

石村と芳樹が声を上げる。神戸はあたふたとしていたが、

「ほらほら、乾杯！」

みんなはとりあえずかかげられたジョッキに、自分たちのジョッキを合わせた。

「慣れてないんだもん、そういうのがさ、ヘタだねー」

亘理は苦笑いを浮かべた。

「ごめんなさい」

こぼしたビールを拭いている神戸を見て、

「神戸ちゃんはホントに天然だなあ」

野添が言う。

「えー」

野添にだけは言われたくない。神戸は顔をしかめた。

だいぶ酒も回ってきた。石村と芳樹が言い合いになったり、亘理がくだらない冗談を言ったり、何かと失敗する神戸にみんなが笑ったりして、時は過ぎていった。

「おーい、じゃあ、コレを出しちゃおうか」

いつの間にか席を立っていた野添が、カッティングボードを手に戻ってきた。

「おー」

石村たちは声を上げた。

「これは?」

亘理が野添を見る。野添がテーブルの上に置いたのは、チーズだ。カットされたチーズが、ボードの上に並んでいる。

「今日のスペシャルメニューだ」

石村は言った。亘理は神妙な顔で、チーズをじっと見つめている。

「佐弥子さんからもらってきた。大谷さんのチーズだ」

芳樹が説明し、石村はワインボトルを傾け、亘理のグラスに注いだ。

「これがきたらワインと一緒にいかないとなあ」

石村は笑ったが、亘理はうまく笑えずにいた。

「食おうぜ、みんなで。今日はさ、レストランを開く予定だった日だろ。この日のために大谷さんが作ったチーズだ」

芳樹はチーズに手を伸ばして口に入れた。続いてみんなも手を伸ばす。

「うん、うまい」

「うまいな。シェフが作った料理で食べたかったな」

「おいしいよ、亘理くん」

「おいしいです」

みんなに言われ、亘理は、じっとチーズを見ていた。でも、手を伸ばすことができない。

「おまえ、いつまでそうしてるつもりだ?」

芳樹がいら立ったように声を上げた。

「食べろよ。こんなうめえチーズ、もったいねえだろ。大谷さんの弟子はおまえしかいねえんだ。世話になったんだから、ちゃんとおまえが受け継げよ」

石村も厳しい口調で言う。

「……俺」

亘理が小さな声で言った。だが、それきり何も言わずうつむいてしまう。

「は？」

芳樹が顔をしかめた。みんなはじっと、亘理の言葉を待った。

「俺さ、結局なーんもできてないんだよね」

亘理は自嘲気味に笑った。

「亘理」

石村がため息をつく。

「十年も教わっててさ、納得いくチーズをまだ一度も作ったことがない……。さんざんミルク無駄にしてさ、牛飼い失格なんだわ。もう潮時なんだよね」

亘理の言葉に、みんなが黙り込んだそのとき、神戸が口を開いた。

「チーズ、作らないんですか？」

隣に座っていた神戸は、ぐいと身を乗り出して亘理を見つめた。酒の勢いも手伝って、いつもならためらってしまうことも、今ならストレートに口に出せた。亘理はすっかり困惑していたが、一つ大きく息をつき、意を決したように口を開いた。

「……牧場、たたもうかって、思ってんだよね」

「おまえなぁ……！」

石村がテーブルを叩いて立ち上がった。野添が慌てて座らせようとしたが、石村はその手を払いのけた。

「どうしてですか？　チーズ作らなくたって、牧場はやれるじゃないですか」

神戸は亘理に疑問をぶつけた。

「そういう問題じゃないんだよ」

「そんなことで！　自分勝手すぎませんか？」

牧場をやめてほしくなくて、神戸もつい厳しい口調になる。

「そんなことって……、俺にとっては『そんなこと』じゃない」

「じゃあ、どういうことなんだよ、説明しろよ」

芳樹が言う。

「……牛の引き取り先とかちゃんと探すし、誰にも迷惑はかけないよ」

亘理は立ち上がり、坂の上に向かって歩き出した。

「待てよ！　おい！」

芳樹が走っていき、亘理の胸ぐらをつかんだ。

「なんだよ！」

芳樹が亘理につかみかかる。

「ふざけんなよ！　今までここでやって来たことは何だったんだよ！」

「ヨシくん！」

野添が後ろから引きはがそうとしたが、興奮している芳樹を止めることはできない。

「勝手なこと言いやがって！」

芳樹は亘理を突き飛ばした。亘理は思いきり、尻もちをつく。

「俺たちはなんなんだ？　おまえにとって、俺たちは何の価値もねぇってのかよ！」

亘理は何も言いかえせずに、芳樹を見ていた。

「おまえ、昔っからそうだよな。コイツさ、ガキの頃からなんかあると、すぐ背中丸めて逃げようとしてさ。授業中、先生に指されて問題がわかんないと、『お腹が痛い』っつって、すぐ保健室行ってよ！」

「ヨシくん、それ今、関係ない」

野添が止めようとしたが、

「関係あんだよ！」

芳樹はすぐに却下して、続けた。

「オヤジさんが死んだときもそうだよ。おまえ、牧場ほっぽり投げて逃げようとしたんだろ！」

芳樹の言葉に、神戸は驚いていた。以前にも牧場をやめようとしたことがあったなんて……。

「ヨシ、やめろ。亘理が決めることだろ」

石村が歩いていって、芳樹の肩をつかんだ。芳樹は乱暴にふりはらい、石村をにらみつけた。

「冷てえな。他人事かよ？　そんなんだから、大谷さんのこと黙ってられたんだな」

感情のコントロールがきかないのか、芳樹が石村を突き飛ばす。

「石さんは、悪くない！」

亘理はようやく立ち上がり、叫んだ。

「おまえ、何も思わねえのか？　大谷さんの病気のこと、もっと早く知ってたら、って思わねえ？　悔しくねえのかよ！」

芳樹は涙声でめちゃくちゃに叫びながら、亘理に近づいていった。そしてまた亘理の胸ぐらをつかんで、激しく揺すった。

「ヨシくん！」

野添がまた、芳樹を引きはがそうとするが、大柄な芳樹は、小柄な野添が引っ張ってもびくともしない。

「それとも何か？　おまえもわかってて、気づかねえ振りしてたのか？　そんでまた逃げてたのかよ？　おまえ、ホントに最低な野郎だな！　おまえがもっと……」

言い終わらぬうちに、野添が芳樹の頬を殴った。芳樹はぬかるんだ土の上に倒れ込む。

「ごめん、ヨシくん。でも、それは……ダメだ」

野添は小さく首を振った。

「俺は……ガキの頃からおまえのそういうところ大っ嫌ぇなんだよ！」

芳樹は立ち上がり、泥だらけのまま、走っていってしまった。

「……ごめん」

亘理はぽつりと呟き、坂の上へと歩いていった。さっきから黙ったままじっと座っていたこと絵は立ち上がり、みんなに頭を下げて、ゆっくりと亘理の後を追った。野添は荒い息をしたまま、こぶしをギュッと握りしめていた。石村は呆然と立ち尽くし、神戸はがっくりとうなだれ、涙を拭（ぬぐ）った。


さっきまで空はオレンジ色だったのに、日が沈むと、あっという間にあたりは闇に包まれた。

こと絵の運転で、亘理たちは潮莉を石村家に迎えに来た。家の近くまで来ると、庭で美智と大地と潮莉が花火をしているのが見え、こと絵は少し離れた場所で車を停めた。夏の残り物の花火だろうか。上着を着込み、季節外れの花火を楽しんでいる声が、聞こえてくる。

「いつから考えてたの？」

　こと絵は、助手席で黙り込んでいる亘理に尋ねた。

「……相談しなくてごめん」

　亘理の答えを聞き、こと絵は首を横に振った。

「海の見える牧場があるって雑誌で知ってさ、旅の広告だったかなぁ。覚えてる？」

　こと絵がささやくような声で言う。

「うん。初めて会ったとき、こと絵が握りしめてた」

「もう十年か、早いなー。潮莉が生まれてからはものすごく早かった」

　こと絵は花火を両手に持って走り回る潮莉を見つめた。

「あのとき、ちょうど、ここを逃げ出そうと思ってたんだ。ヨシくんはそのときのことを言ってるんだよ、ずっと覚えてるんだな……。親父が入院して、ひとりっきりで寒くて、四十頭の牛抱えて、不安で堪らなかった。そうしたらこと絵が来た。働きたいってさ」

「会って五秒で結婚しようって言われた」

「あれはさ……」

ふたりは小さく笑った。そして車の中に沈黙が訪れる。

「……ごめん」

亘理は口を開いた。

「あやまんないで」

こと絵は目に涙をためながらも、キリっと表情を引き締めて前を向いた。

「どこでもいいよ。どんな仕事でもいい。私と潮莉は平気だからね」

*

佐弥子からこと絵宛てに届いたその封筒は、すこし重かった。

ハサミで封を切って傾けると、鍵が出てきた。てのひらの上の鍵を見つめながら、こと絵は便箋に書かれた、佐弥子らしい美しく、丁寧な文字を読みはじめた。

『こと絵ちゃん、お元気ですか？

亘理くんとは仲良くやっていますか？

私は、ようやくこちらでの生活が落ち着いて、静かな毎日を送っています。

今頃せたなのみんなは、羊を追いかけたり、みんなで稲刈りしたり、おいしいお酒を飲んだり、相変わらず、楽しくやっているのでしょうね。

海の匂いのない風に吹かれるたびに、なんだかとても遠い所に来たような気がしています。

みなさん、どうかお体に気をつけて。

今ある景色を大切に、楽しい日々を過ごしてください』

こと絵が生まれ育った札幌には海がない。札幌でうまく息ができなくなって、ここへ来てようやく深呼吸ができるようになったこと絵は、佐弥子のことがいつも気にかかっていた。

でも……。

今、亘理がこんなことになってしまい、こと絵はどう返事を書いたらいいのか、わからずにいた。

亘理は日がな一日、ぼんやりと過ごしていた。牛の世話はこなしているものの、心は空洞のようでもあったし、モヤモヤした何かを飲み込んでしまったかのように、常に重くもあった。

「ごめんな。情けない主で……。どうすりゃいいんかねぇ……」

搾乳放牧されている牛たちのそばに座って、亘理は海を眺めていた。

「俺たちを放り出すつもりなら、その尻を蹴ってやるモー」

と、いきなり耳元でささやかれた。何事かと振り返ると、神戸が四つん這いで、近づいてきていた。

「牧場やめたりしたら、一生恨んで、枕元でモーモー鳴いてやるモー」

この日の神戸は、モコモコのボアのついた白いジャケットを着ていて、自分のところで飼っている羊のようだ。

「よく気づかれないで後ろ回ったね。その努力を考えると笑えるねー」

亘理が静かに笑うと、神戸も顔をくしゃくしゃにして笑った。

「朝市、どうして来なかったんですか?」

「……売るもんがないでしょ」

「アイスがあるじゃないですか! 亘理さんいないと、なんか空気がジメッとしちゃって。うちのソーセージ、めちゃくちゃ売れ残ったんですから!」

神戸は立ち上がって亘理の周りを歩きながら、口を尖らせた。

「あら、それは悪かったね」

「ま、シェフが全部持って帰りましたけど」

「裏切らないね、あの人は」

その光景が目に浮かぶ、と、亘理は苦笑いを浮かべた。

「亘理さんは、どうするんですか? 裏切るんですか?」

神戸は亘理の横に、腰を下ろした。亘理が何も言わずにいると、顔をのぞき込んできた。それでも何も言わずに……というよりも、亘理は何も言えずにいた。

「んあーーーっ」

神戸は伸びをして、ごろりと寝転んだ。

「あ、牛糞気をつけて」

亘理が言うと、

「えーちょっと！」

神戸ははじかれたように起き上がる。

「ははは」

亘理が笑っていると、

「……ないじゃん！」

神戸は地面を確認して、亘理をにらんだ。そしてもう一度寝転んで、流れる雲を眺めていた。

「神戸ちゃんはさ、まだここの冬を経験してないでしょ」

亘理は切り出した。

「すごいよー。雪がさ、真横に吹っ飛ぶの。びゅおおおっ、びゅわあああっ
て」
神戸は黙って聞いている。
「親父が死んだの、一月でさ。真っ白い牧場の中で、牛たちと取り残されて
さ。海も山もなんも見えなくて怖いよ……。そんな中でこんなたくさんの命抱
えて、生きてけねーよってさ」
この前、芳樹に言われたように、あのときも牧場をたたんでどこかへ行って
しまおうと思っていた。
「そんとき、オヤジが牛乳卸してたチーズ工房の職人だって人が来てさ」
「……大谷さん、ですか？」
「うん」
亘理はふっと笑って、そのときの話をした。
あれは、こと絵が現れる少し前……。
亘理がただ義務感から仕方なく牛の世話をしていたある日、大谷がやってき

た。

「これ、食ってみてくれ」

大谷は素っ気ない口調で言い、紙に包まれたチーズを、亘理に差し出した。

亘理は無言で受け取り、一切れ口にした。そのとたんに、濃厚なコクと甘みがありながらも、自然なチーズの風味が口の中に広がった。

「……うまい」

思わず、呟いた。亘理の固く閉ざした心を、一瞬で溶かしてしまう味だった。

「これ作るには、あんたんとこの牛乳がいる。やめてもらっちゃ困るんだ」

大谷は亘理の顔を見ながらそう言った。

「なんかそんときスゲー嬉しくてさ、それで、言ったんだよね。『牧場続けるから、その代わりチーズの作り方、教えてください』って」

亘理はそう言って、自分もごろりと寝転がった。気持ちのいい風が、亘理の上を通り過ぎていく。

「それから十年以上だよ。なんも、成長してねぇんだよ、俺」

「……僕は、この半年で、すごく伸びましたけど」

神戸は笑みを浮かべながら、体を起こした。

「自分で言うかね、それ」

亘理がからかうように言うと、神戸はハハ、と笑った。

「僕、前に言いましたけど、外資系の会社で働いてました」

「……ああ。ホテルじゃないヤツね」

亘理の言葉にふっと笑って、神戸もまた寝転んだ。

「僕、こんなじゃないですか」

「こんなって」

亘理は笑う。

「そもそもあんまり人と争うのが得意なわけじゃなかったんですよ」

「まあ、そうだろうね」

「でも、自分で言うのもなんですけど、学生時代はずっと優等生だったんで、
会社でもとにかくいい成績をおさめたくて。というか、自分はいい成績でいる

のが当然だと勝手に思い込んで……。とにかく残業しまくって、周りの奴、全部蹴散らしてトップになってやるって必死で。そしたらあっという間に売り上げトップになりまして」

「へえ、意外だな」

「イケるじゃん、イケてるじゃん俺、って思ったんです。けど、気づいたら、ひとりになってました。仲間だったはずの同僚も、先輩も上司も、同じ職場にいるのに、誰もいない。それでも頑張って仕事して、冷えた飯食って、そんなこと繰り返してたら……何を食べても味がしなくなった」

あの頃は、見る見るうちに頬がこけていくのが、自分でもわかった。残業したオフィスで窓から外を見ると、視界はビルばかりで、どこもまだ残業しているのか、明かりが点いている窓が無数にあった。ある晩、その無数の窓の明かりが滲んで揺れて……自分が泣いてるんだと、神戸は気づいた。

「それで生きてるのも嫌になって……それでここに来たんです」

逃げてきたのかもしれません、と、神戸は笑った。

「でもここでは、ひとりじゃない。真夜中にファームにひとりでいて寂しくても、その先にはみんながいる。ちゃんとつながってる。寒い冬だって、怖くないはずです。亘理さんの隣には、ことさんと潮莉ちゃんも、みんなも、あと……僕も……」

「……ありがと」

亘理は神戸の言葉をさえぎって、起き上がった。

「ありがとう。俺も今、『おいしい』ってことが、わかんなくなっちゃったんだよ」

「え？」

亘理は立ち上がり、歩き出した。

「亘理さん！」

背後で神戸の声が聞こえたけれど、亘理は振り返らずに歩きつづけた。

＊

それからまた数日が経ち、秋は急速に深まっていった。ある日の午後、神戸は虹色ファームにみんなを集めた。みんなといっても、亘理以外の三人だ。

「これ、飲んでみてください」

神戸はコップに淹れた牛乳を出した。

「どうですか？」

「どうって、まぁ、うまいけど」

「……おぅ。普通にうまい」

「亘理くんとこのブラウンスイスでしょ？　うまいよ」

ブラウンスイスは、亘理が飼育している茶色い乳牛だ。

「はい！　うまい、出ました！」

神戸は三人を指さした。

「は？」

みんなが眉間にしわを寄せる。

「うまいんですよね？　おいしいって思ったんですよね？　ね？」

神戸がひとりひとりに尋ねると、その勢いに押されたように、三人とも頷いた。

「だったら、ケンカなんかするなよ！」

神戸が声を上げると、今度は三人ともポカンと口を開ける。

「石村さん言ったじゃないですか！　ウマいもんさえあれば、世界は平和だって！」

「えっ、なに？　なんなの？」

石村は芳樹と野添を見る。芳樹たちは、さあ？と首をひねった。

「みなさんはここで、毎日ウマいもんばっか食べてるでしょうが！　なのに、仲間が苦しんでるってときに、なんでケンカなんかしてるんですか！」

「……喧嘩なんてしてねえよ」

芳樹は石村を見た。

「別になぁ」

「僕もしてない」

野添も頷く。

「え？　だって、この前……」

「いやまあ、あんなのは日常茶飯事だ。ヨシと亘理なんてガキの頃から何回喧嘩したかわかんねえよな」

「まあね。ノンちゃんに殴られたのはちょっと驚いたけど」

「僕そんなことしたっけ？」

「したわ」

「じゃあ宇宙人に体を乗っ取られてたのかもしれないな」

三人は笑っている。みんなを仲直りさせようと、神戸はあれからずっと頭を悩ませていたのに……どうやらひとりで空回りしていたみたいだ。

「……まあいいや。僕は、亘理さんに牧場やめてほしくないです。でも……僕じゃ、僕の言葉じゃムリなんですよ……」

神戸は唇をかんだ。みんなはここでずっと生きてきた。でも自分は都会から来て、まだ半年しか経っていない。

「ああ、そういうこと……」

石村が納得したように頷く。

「でもおまえ、勝手すぎるぞ」

芳樹が言った。

「え？」

「僕もそう思う」

野添も芳樹に同意する。

「なに勝手に怒ってなに勝手に落ち込んでんだ。急に呼び出したりしてよぉ。米農家はこの時期忙しいんだぞ」

「だって……」

「頭で考えすぎなさんな」

石村はそう言いながら神戸の頭を軽くはたいた。

そういえば牛舎の棚が壊れていたんだった。

修理をしようと、亘理はチェーンソーで木材を切っていた。とにかく何かをして気を紛らわせたい。

「よっ」

そこに、石村がひょいと顔を出した。

「おう、元気でやってるか？」

「……ぼちぼち、かな。いきなりどうしたの?」

「ちょっと通りがかってよ。まあつきあえ」

石村はそう言って、外に出ていった。


石村のジープは亘理を乗せ、草原の中を進んでいった。着いたのは視界の開けた牧草地だ。といっても、このあたりにこんな場所はいくらでもある。石村は適当な場所に車を停めて、降りていく。

「忙しいんだけど」

「俺も」

亘理も車を降りていき、声をかけた。

「だったら帰ろうよ」

「気持ちいいよ」

石村はジャンパーのポケットに両手を突っ込み、草原をのんびりと歩いていく。

「大谷さんのこと悪かったな……」

石村は切り出した。そして、足を止めた。

「俺さ、おまえにまだ言ってないことがあってさ」

「え？」

「俺さあ、若い頃、ミュージシャンだったんだよ」

「はぁ？　嘘でしょ？　ていうか、そういうのもういいって。忙しいんだから」

亘理は引き返していこうとする。

「いやいや、ちょっと待て。それと俺、こう見えてガキの頃、体弱くってさ。喘息持ちでアトピーがひどかったんだよ」

石村は亘理を無視して話を進める。

「ふーん……」

「ハタチのときに東京出て、いよいよデビュー目前ってときに、持病が悪化して、もう苦しくて、痒くてひどかった。もちろんね、いろいろ病院には行ったんだけど、どこもダメでさ。いろいろ調べたら食べ物に原因があることがわかった。農薬とか、添加物とかさ、そういうのに体が反応すんだと。でも、そういうの使わない食べ物って高いだろ」

無農薬の米や野菜は高いうえに、石村が若い頃は、店舗数も少ないだろうし、ネット販売もないし、さぞかし入手困難だっただろう。

「それで自分で始めたの？」

亘理は意外な思いで尋ねた。

「農業なんか俺わかんないしさ、始めたら始めたで、農薬使わないから役所に嫌われるし、誰も相手にしてくれなくてさ」

人とは違うことを始めようとしていた石村は、お役所方面からは反対されたし、地元の農家からも煙たがられた。あまりにも風当たりが強く、あきらめかけていた。

「そんなときに大谷さんと出会った」

石村は続けた。

「……え？」

「おまえ、大谷さんが昔、チーズのために牧場やってたの知ってるか？」

「ああ……役場の人に聞いたことある」

「俺の田んぼも畑も、全部昔はあの人の牧場だったとこだ」

「……そうなの？」

そんな話、これまでまったく聞いたことがなかった。

「大谷さん、ホントに親身になってくれてな。『これからはそういう食べ物も必要だ』って。自分の土地をさ、俺にくれたんだよ」

亘理はあまりの驚きで、言葉が出なかった。

「スゲーだろ、あの人……病気のことはおまえには黙っててくれって俺、頼まれてさぁ。それで言わなかった。ごめんな。仲間なのに、ずっと黙ってて、すまなかった」

石村は亘理に頭を下げた。

「でも俺は……あの人の頼みごとだったら何でもしたかったんだ……」

あまりにも深くて重い、大谷、石村、それぞれの思いが、そこにあった。そして、ふたりが自分に向けてくれたあまりにも深い思いやりが。

秋から、だんだんと冬に変わる風が、ふたりのいる草原をひゅるりと吹き抜けていく。

亘理はちっぽけな自分を感じながら、大地に足を踏ん張って立っていた。

また別の日、こと絵と潮莉が牛の乳を容器に移していると、野添が現れた。

「こんにちはー。亘理くんいる？」

「うん。今、搾乳行ってるけど。呼んでこようか？」

「後でいい」

野添は首を振った。

「じゃあちょっと待ってて。もうすぐ来るから」

こと絵は言った。

亘理を海が見える高台に連れていくと、野添は持参したラジカセでカセットをかけた。UFOを呼ぶための、野添のオリジナルソングが流れる。そして野添は一心に、踊り続けた。もうかなり夕方は冷え込む季節だというのに、野添は汗だくだ。

カチャン。

やがて再生ボタンが上がる音がした。90分テープの片面が終わったのだ。野添はふらふらとラジカセに近づいていき、テープをひっくり返す。

「ノンちゃん、もういいよ……UFO来ないじゃん。帰ろう？」

黙って見守っていた亘理は、野添に声をかけた。でも、野添は心を乱さずに踊り続けていた。

やがて夕暮れ時になり、淡い水色だった空が、ピンク色に染まり始めた。


その数日後、亘理が牧場でぼんやりと座っていると、いきなりトラクターのショベルに掬(すく)い上げられた。

「うわあああ！」

声を上げて振り返ると、芳樹だった。

「もうこういうの、やめてもらえないかな？」

叫んでみたが、芳樹は答えずに、エンジンをかける。

「……無視かよ」

亘理はため息をついた。こういうときの芳樹に反抗しても無駄だということは、長年の経験上、わかっている。

「黙って乗ってろ！」

「こんな色気のない車でドライブ？　てか、どこ行くの？」

トラクターは、山道を上っていった。大谷チーズ工房への道だ。亘理は運転席の芳樹をにらみつけようと思ったが、ショベルの上だと身動きも取れない。佐弥子のアトリエの前を通り過ぎ、小川にかかる橋の手前まで行き、芳樹はトラクターを停めてショベルを下ろした。そして運転席から出てきて、工房に行くぞ、と、あごをしゃくる。

亘理は仕方なく地面に下り、芳樹と橋を渡った。

ぼちゃん。

と、背後で何かが水に落ちる音が聞こえてきた。振り返ると、石村と野添と神戸が、橋の丸太を小川に次々と落としていた。

「もう引き返せないですよ！」

何本か落としたところで、神戸が向こう岸から叫んだ。神戸たちははあはあと肩で息をしている。亘理は思わず、芳樹を見た。

「ことちゃんから、預かった」

芳樹はポケットから鍵を出して亘理のてのひらにのせた。

「全部決めちまう前に、見とけよ」

赤い革のキーホルダーがついたこの鍵は……大谷がいつも持っていた工房の鍵だった。

*

鍵を使って扉を開け、一階の工房に入るためのガラス戸を開けた。いつも清潔な空気で満たされていた工房は、ほこりっぽい匂いが漂っていた。

「時間が止まっちまったみてえだな」

葬儀の日にどうしても入れなかった工房に、亘理はためらいつつも足を踏み入れた。大谷が使っていた道具や機械には、布がかけてある。佐弥子がひとりで片づけをしたのだろうか。いや、きっと、自分以外のみんなが手伝ったのだろう。片づけも手伝わずにいた自分が、改めて情けなくなる。

亘理は熟成棚のある二階へ向うため、木の階段を一歩一歩上がり、二階の床板を開けた。窓辺には佐弥子が描いていた大谷の肖像画が飾ってあったが、常に等間隔でぎっしりとチーズが並んでいた棚には、何もない。がらんとした熟成棚に触れながら、奥へと進んでいくと、一番奥の棚の上段に一つ、木箱が置いてあった。ちょうど亘理の顔の高さにある木箱を持ち上げてみると、そこには、古いチーズが遺されていた。亘理はチーズを手に取り、じっと眺めた。

大谷が亡くなる少し前、ここを訪れたときに、下段に置いてあったチーズだ。

「これ古いですね。いつのですか？」

亘理が声をかけると、

「……忘れた」

大谷が棚の向こうからぶっきらぼうに答えた、あの日の会話が蘇（よみがえ）ってくる。あのときは気づかなかったけれど、チーズには『08.01.18』と、日付が刻まれていた。

「十年前……俺が初めて大谷さんに牛乳届けた日だ」

大谷のチーズを食べたことで牧場を続ける決心を固めた亘理は、降りしきる雪の中、牛乳缶の配達にやってきた。

「おはようございます！　大谷さーん！　牛乳、持ってきました！」

「おお、こっち持ってきてくれ」

「はい！」

工房に入っていくと、大谷は鍋を磨いていた。亘理が牛乳缶を置くと、大谷は味見をするため、コップに注いだ。そしてワインを飲むときのようにぐるりと回して匂いを嗅ぎ、一気にコップを傾ける。

「ん。うまい」

しばらく口の中で牛乳を味わった後、大谷は満足げに、口元に笑みを浮かべた。

「今日これでパルメザンを作る。見ていくか？」

「いいんですか？」

亘理の目に、強い光が灯った。そして、この日、大谷に会ったら伝えようと思っていたことを、口にした。

「大谷さん、俺、牧場続けるんで、大谷さんのチーズを教えてください。お願いします。大谷さんのチーズ、教えてください」

必死で、頼み込んだ。

「俺のじゃないんだ。自分のチーズを作るんだよ」

大谷は牛乳缶を持ち上げ、中身を鍋の中に流し込みながら、厳しくもやさしい声で、そう言った。

鍋の中にさらさらと落ちていく牛乳の音までが、頭の中に蘇ってきた。

亘理は大谷の作業机の上にまな板を出し、十年前のチーズを置いた。そしてチーズカッターで切っていく。だいぶ固くはなっていたが、どうにか半分にカットすることができた。割れ目にナイフを刺し、そっと開くとチーズが二つに割れた。

「いただきます……」

端の方をひとかけらカットし、口に放り込んでみる。

「うまい……」

味わっているうちに、涙があふれてきた。

「なんだこれ……」

涙を流しながらも、ははは、と、笑えてきた。ふと人の気配を感じて顔を上げると、芳樹が腕組みをして立っていた。

「ヨシくん……まだ、生きてるよ」

亘理の言葉に、芳樹は静かに頷いた。

「死んでなくなるもんばっかじゃねえよ」

「このチーズ、俺が……」

亘理が説明しようとするのをさえぎるように、芳樹は大きく頷いた。そして、話し出した。

「大谷さんはさ、受注生産だったろ。ここのチーズは、ぜーんぶ、お客さんに届けるよう、手配してあった。で、そのチーズだけが残った」

亘理はまな板の上のチーズを見つめ、天井をあおいだ。涙がとめどなくあふれて、頬を伝っていく。

そこに、石村たち三人が現れた。みんな小川を渡ってきたのか、そろいもそろってずぶ濡れだ。

「何やってんの……びしょ濡れじゃない」

亘理は泣き笑いの表情を浮かべながら、三人を指さした。

「どうすんだ？」

石村に尋ねられた亘理は工房の声を聞くように目を瞑り、耳を澄ました。

「石さん、俺……」

「大谷さん！　亘理はアホですけど、俺たちがついてますんで！」

石村がいきなり、工房全体に向かって叫んだ。

「だから、大丈夫ですから！」

「こいつをここから絶対逃さないんで！」

「神戸っていいます！　僕もあなたと話してみたかったです！」

野添が、芳樹が、神戸が、みんな、大谷に届けとばかりに声を張り上げる。

「ごちそうさまでした……」

亘理は窓辺の大谷の肖像画に向かって、頭を下げた。

「……俺、やっぱり、自分の作ったチーズみんなに食べてもらいたい」

肖像画に誓った亘理は、顔を上げた。涙も鼻水も、ぐちゃぐちゃになって床に落ちる。顔を上げると、亘理はみんなの顔を見回した。みんなは穏やかな顔で、笑っていた。

*

この日はどこまでも晴れていて、遠くに奥尻島(おくしりとう)が見えた。秋の淡い太陽の下、日本海はどこまでも青く、牧草地の緑色とのコントラストが美しい。今日はいつもの男性陣だけじゃなくて、こと絵と潮莉も一緒だ。

設楽牧場の中で一番眺めがいい丘に、亘理はみんなを集めた。

「ここでやんのか?」

芳樹が尋ねた。

「焦る気持ちはわかるけどさ、また稲熊に頭下げりゃいいじゃねえか。俺ら、役場行ってきてやるぞ」

石村が言う。

「ここで、やりたいんだ」

だが亘理は、海を見下ろしながら、決意を口にした。

「なんで、ここなん……」

神戸が言いかけたのをさえぎり、

「空と、海と、大地のレストランを開きたい。お世話になった人とかいつも迷惑かけてる人に、僕らが作ったもので料理を披露したい」

亘理は思いをこめていった。

「よし、俺はやる。どうする？」

石村は芳樹を見た。

「おもしろそうじゃねえか」

「よし！　最高にうまい料理を作って、空の上にいる大谷さんに見せつけてやりましょう！」

神戸が晴れやかな笑顔で言う。

「あの人、悔しがって降りてきちゃうかもね」

亘理は眩しさに目を細めながら空を見上げた。

「UFOに乗ってくるかもね」

ワクワクした表情で言う野添を見て、みんなで声を上げて笑っていると、潮莉がタッタッタ、と、亘理の方に駆けてきた。

「パパ、なんていうレストラン?」

「名前か…そうだね……このレストランは……」

亘理が空と海を眺めてからみんなを振り返った。

「そらのレストラン……」

こと絵が誰に言うでもなく、呟いた。みんながいっせいに、こと絵を見る。

こと絵は自分が言ってしまったことに驚いて、大きな目をさらに見開き、口を押さえた。

「今、なんて言った? そらのレストラン?」

石村が尋ねたけれど、こと絵は小さく首を振った。

「そらのレストラン」

神戸が、こと絵の言葉を繰り返した。

「いいんじゃない？」

「すごいよね？」

「うん、ぴったりじゃない？」

「いい響きですねー」

みんなはこと絵を取り囲んだ。

「今、俺が言おうと思ってたのに」

亘理が主張したが、

「はいはいはいはい、おまえは昔からそういう奴だよ」

芳樹はまったく相手にしない。

「決まりだねー」

潮莉も嬉しそうだ。

「いや、パパも思いついてたんだよ、ママ言っちゃったけど」

亘理はそう言いながら、みんなの方に近づいていった。

「なんか……ごめんね」

こと絵が亘理を見る。

「いいの、いいの、こいつのことは」

芳樹の言葉に、亘理は力なくハハハ、と、笑った。

「よーし」

石村が言ったのをきっかけに、みんなは誰からともなく、円陣を組んだ。

「頑張るぞー！」

「おーーー！」

みんなは両手を空に突きあげた。

「そらのレストラン最高！」

「やるぞー！」

みんなは口々に言いながら、まだ興奮が冷めずに、緑の丘の上を思い思いに歩いた。

「みんなが腹抱えて笑っちまうようなうまいもん、作ろうぜ！」

亘理も笑顔を浮かべながら、気合いを入れた。

それから、亘理はチーズ作りに精を出した。

大谷のチーズを作りたくてずっとやってきた。けれど、そうじゃなかった。亘理のチーズを作るんだ。

こと絵はリビングで招待状の文面を考えていた。

「ただいまー」

外で絵を描いていた潮莉が帰ってきて、テーブルにいること絵の手元をのぞきこむ。

「お手紙書いてるの？」

「うん、招待状」

「しょうたいじょう？」

「レストランに来てほしい人に出すお手紙だよ。潮莉にはね、このカードの表紙の絵を描いてほしいな」

「潮莉が？」

「描けるかな？」

「描ける！」

「じゃあ、今からどんな招待状にするか相談しよっか」

「うん！」

潮莉は目を輝かせた。


久しぶりに、朝田がせたなにやってきた。

この日はこれから、亘理たちはギャルソンとして給仕をするための特訓を受けることになっていた。いつもは泥まみれのツナギやオーバーオール姿のみんなは、白いシャツに蝶ネクタイ姿だった。石村にいたってはカマーベストまで着用している。

シャンパンボトルの底を片手で持った五人はいっせいに前に出てきて、テーブルの上のグラスに注いだ。注ぐときにグラスのふちに当てないように気をつけながら、最後にボトルをグラスから離すときに、軽くひねる。

「うわっ」

ほとんどみんなが失敗したが、一番こぼしたのは、やっぱり神戸だ。神戸もみんなも笑ってしまったけれど、

「なんだ、このザマは?」

朝田は自分の専門分野の指導となると、妙に厳しい。

「いや、痛いのよ。この持ち方」

石村は訴えた。ボトルの底のへこんだ部分を持って注ぐのだけれど、腕がつりそうだ。

「ちゃんとやって!」

朝田は聞く耳を持たない。

「手が痛いんだって」

「バカ!」

「バカって……」

石村は眉根を寄せた。

こと絵は夜、テーブルの上に何枚ものカードを並べた。それぞれのカードには、トマト、ナス、羊、イカ、稲穂、花、牛乳缶、チーズなど、一枚一枚、潮莉の絵が描いてある。

カードを開けると、こと絵の手紙がはさまっている。

『木々の葉が色づき始め、実りを感じる季節となりました。

この度、海の見える牧場に、「そらのレストラン」が開店します。

一日限りのオープンですが、心からのおもてなしと、とびきりおいしいお料理をご用意いたします。

どんなメニューが出てくるのかは、当日のお楽しみ。

天才一流シェフと、いつものメンバーが、みなさまのために腕を振るいますので、どうぞご期待ください。

みなさまのご来店、心よりお待ち申し上げております』

いちばん最初に、チーズの絵が描かれたカードに便箋をはさみ、封筒に入れた。宛先はもちろん『大谷佐弥子さま』だ。

翌日の午前中、亘理は潮莉がハンドルを持つ補助なし自転車の後ろを支えながら、郵便局の前までやってきた。赤いポストが見えてきたので、亘理はそっと、手を離してみる。潮莉はそのまま、スーッと走っていった。

「いいよいいよ、そのまま！」

亘理は後ろから声をかけた。潮莉はまだペダルは漕げない。でもバランスをとりながら、風を切って進んでいく。ポストの前に着くと、ブレーキをかけて亘理を振り返った。

「いいね！」

亘理はウインクをし、潮莉も満面に笑みを浮かべてハンドルから片手を離し、サムズアップをしあった。

潮莉は肩掛けカバンから封筒を取り出して、亘理に渡す。

亘理は一通ずつ宛名をたしかめながら、丁寧に封筒を投函していった。

数日後、亘理はついにチーズを完成させた。ホール状のチーズを前に、亘理は不安げに座りこんだ。

ふと、空気が変わったのを感じ、亘理は顔を上げた。こと絵が入ってきたのだ。ホットミルクが入ったマグカップを手にしたこと絵が、亘理の隣に腰を下ろす。亘理は合わせた両手に顔をうずめ、大きなため息をついた。

「どうぞ」

湯気が立っているマグカップを、こと絵は亘理に差し出した。

「……ありがと」

「おいしかったな……初めて私がここに来た日、亘理くんが飲ませてくれたあったかいミルク」

工房に流れる静謐（せいひつ）な夜の空気の中、こと絵がささやくように言う。

「ことちゃん、飲んだら突然泣き出した」

亘理はふっと笑った。

「あのときの私は心が疲れすぎてて浸みたなー。飲んだら、じわーって……。ああ、こんなにやさしい飲み物、あるんだーって。涙が止まんなくなって」

こと絵はホットミルクを一口飲んで、続けた。

「その頃はわからなかったけど、潮莉が生まれてわかった。ミルクは、お母さんの愛情だって。このチーズにも、愛情がいっぱい入ってる」

あれは潮莉が一緒に食卓でご飯を食べるようになった頃だろうか。牛の赤ちゃんが飲むためのミルクを分けてもらってるのだから牛さんに感謝しなくちや、と、こと絵が言い出して、毎朝、窓の外に向かっていただきますを言うことになった。

「うちの牧場の牛は、みんな亘理くんの味方だから。私も亘理くんの味方だから。だから大丈夫」

「ことちゃん……」

こと絵がそう言ってくれるのだから、本当に大丈夫だ。亘理は頷いた。

「お客さまにも、伝わるといいね」

こと絵がいると、穏やかな時間が流れ始め、その空間はとても居心地よくなる。不思議だな、と、結婚して十年が経っても、亘理はそう思うのだった。

*

この日は、いよいよそらのレストランの開店日だ。

前の晩はあまり眠れなかったが、亘理はシャキッと目が覚めた。窓から外を見ると、青く、高い秋の空が広がっていた。とりあえず天候に恵まれ、ホッと胸を撫で下ろす。

亘理は会場になる丘に出て、海を見下ろした。

日本海からせたなの町に吹く風は強い。海沿いには「風海鳥（かざみどり）」という名の大きな風車が建っている。白い風車は青い空と海を背に、ぐるぐると回っていた。


やがて開店時間が近づいてきた。海と山と町が見下ろせる草原には、重機トラクターに繋がれたキャンピングトレーラーが停まっていた。この中に、朝田が腕を振るうキッチンがある。

「ようこそ。そらのレストランへ」

亘理たちはおそろいのギャルソン姿で、ぞろぞろと丘をのぼってくる客たちを迎えていた。真っ白いシャツに、亘理と神戸と芳樹は紺のカマーベスト、石村と野添は白いカマーベストを着て、腰から下にはチェックのギャルソンエプロンを巻いている。

「いらっしゃいませ！」

五人は声をそろえて頭を下げる。

「いい天気だねー」

「お招きありがとう」

「この日を楽しみにしてたよ」

声をかけてくれる客たちを、みんなはテーブル席に案内した。

招待状を手にやってくる客たちの中には、最後までいい顔をしなかった役場の稲熊の姿もあった。今日も難しい表情を浮かべている。

「よく来てくださいました。ご案内します」

石村と芳樹が稲熊に頭を下げる。

そんな中、美智に連れられた佐弥子がやってきた。

「あーーー!」

佐弥子は亘理の顔を見たとたん、まるで少女のような笑顔になる。

「ようこそお越しくださいました。こちらへどうぞ」

亘理は佐弥子を案内した。

これで、全員だ。

野添は客たちから招待状を受け取り、キャンピングトレーラーの周りに張り巡らせた麻ひもに木製の洗濯ばさみで飾っていった。潮莉の絵が風にはためき、まるでその一角は、潮莉の個展のような空間になった。

佐弥子が席に着いたのを見届けて、五人はシャンパンボトルを手にずらりと並んだ。

「お待たせいたしました。『そらのレストラン』開店です！」

亘理が開店を告げると、神戸がカランカランカラン、と、鐘を鳴らした。

「ではさっそく、始めましょう！　準備を！」

白いコックコート姿の朝田が現れ、空の眩しさに目を細めながら、客たちの前に進み出た。

「ウィー、シェフ！」

亘理たち五人はシャンパンの栓をポンと抜いた。客たちから拍手喝采が起こる。亘理たちは客たちのグラスに、次々と飲み物を注いでいった。

「すごーい！」

「本物のギャルソンみたい！」

「ありがとう！」

客たちはみんな笑顔だ。練習の甲斐あって、亘理たちは鮮やかな手つきで、全員分、失敗することなく注ぎ終えた。一番不器用な神戸もだ。

「そらのレストラン、最初の料理は、大豆を使ったスープです。ご賞味あれ」

朝田は最初の料理を紹介した。白と緑の大豆の色が鮮やかに混ざり合ったスープだ。

「いただきまーす」

客たちはそれぞれ、スープを口に運び入れ、おいしさに目を見開いた。その様子を見ていた石村が、前に出て解説を始めた。

「大豆は、ちっちゃいのに、大きい豆と書きます。そこには、大いなる豆、という意味が隠されている。今から二十年前、俺が治療のために通っていた札幌の病院に、ひとりのナースがいた」

石村が言うと、スープを味わおうとしていた美智が驚いて顔を上げた。

「彼女のお父さんは癌を患っていて、体力のために食べなくちゃいけないのに食事も喉を通らずにいました。そんなとき、彼女は、アトピーの俺でも食べられるウチの野菜を知った。彼女のお父さんは、うちの大豆を使った豆腐をおいしいと言って食べてくれて、医者の見立てよりも少し長く生きてくれました」

美智は木のスプーンを持った手を止めたまま、唇を噛みしめる。

「俺は、身体にいい食べ物を作ることで、病気にかからない人を増やしたい。毎日病院で病気の方と一緒に向き合うっていうのは、本当に大変なことだと思います。仕事は違えど、俺たちはよく似ていると……妻になったナースは今でも、俺のことを応援してくれています。母ちゃん、いつもありがとう！　俺は、大豆みてぇな大いなる男になるぜ！　『石村大豆』で作ったビシソワーズ、名付けて、『イシソワーズ』です」

石村の言葉に、みんなが笑う。

「ご堪能あれ！」

晴れやかに言う石村に、

「ダジャレかよ！」

美智の隣に座っていた大地がヤジを飛ばした。

「おいしいでーす！」

スープを飲んだ女性客が、石村に声をかけた。

「マメに生きてください」

石村がダジャレで返しているのを聞きながら、美智は、スープをスプーンですくって口に入れた。

「……おいしい」

美智が小さく呟くのを、テーブルを見守っていた亘理はしっかりと聞いていた。


「続いては、前菜です。この地が育んだ色鮮やかなサラダをご賞味あれ」

丸太を輪切りにした皿に盛りつけられた季節野菜のサラダだ。料理を紹介した朝田にかわって、芳樹が前に出てくる。

「俺の親父はここらじゃ初めて低農薬の農業をやってました。でも、使っていた農薬の成分表示には『薄めて使い、一週間ほど空けてから出荷するように』

って書いてあったんです。そいつは、買うのに印鑑がいる劇薬で……」

芳樹の言葉に、客たちは驚きの表情を浮かべた。稲熊は食べる手を止めて料理を見ている。

「なのに、それを使って育てたトマトやキュウリを、都会から手伝いに来てくれたボランティアの人たちが、うまいうまいって食べたんです。なんか後ろめたくって……」

芳樹は曲がったことが大嫌いだ。自分がおかしい、と思ったことは絶対にやらない。

「その日から俺は、なんにもしなくなりました」

芳樹は高らかに笑った。

「俺の畑はもう何年も耕してねえ。雑草も抜かねえから、どこまでが畑かもよくわかんねえ。でも雑草と戦って生き抜いたトマトはうまいんだ」

芳樹の言葉に、客たちは大きく頷いたり、拍手を送ったりしている。

「嫁さん逃げ出したけど、でも、いつか俺みたいな奴がいてもいいんじゃねえかって言ってもらえる世の中が来るまで、俺はやり続けるぜ！　名付けて『ほったらかし畑のサラダ』。食べてやってください！」

話を聞いていた稲熊は、黄色いミニトマトに手を伸ばし、口に入れた。

「……おいしい」

その様子も、もちろん、亘理は見逃さなかった。


「次は、魚介のメインディッシュです」

朝田がステンレスのドームカバーを持ち上げると、イカが現れた。石焼きプレートの上でジューッと音を立てている。

「イカが立ってる、イカが！」

みんなは、ジャガイモの上に立っているイカを見て声を上げた。宇宙人に見立てた演出だ。

「えー、ここだけの話ですが」

野添が前に立つ。

「この街にはUFOが来ます。僕はもう、何度も目撃しました。アダムスキー型です。みなさんも、見たことありますよね？」

「えー、ないない」

「なんかの見間違いじゃない？」

客たちから声が上がる。

「もし、まだないのだとしたら、それは、空を見上げていないからです」

野添はベストを脱ぎ始めた。亘理たちも蝶ネクタイをはずし、ベストを脱ぎ、エプロンをとり、身軽な格好になる。

「どうしたどうした？」

「何か始まるの？」

客たちがざわつき始めた。

「UFOの移動速度はマッハ30をはるかに超える。あなたがうつむいていると、あっという間に通り過ぎてしまっているんです。だけど、上を向けば必ず、この空のどこかにUFOはいる」

シャツを脱ぎ、Tシャツ姿になった野添は走り出した。

「おーいノンちゃん！」

「どこ行くのー？」

客たちはワクワクした表情を浮かべている。

「ということで、今からUFOを呼びます！」

野添は海の方を向いて立ち、目を閉じた。亘理たちも等間隔に並ぶ。

「おおーー！」

客たちは皿を手に、立ち上がった。

朝田がさっそうと現れ、切り株の上に置いたラジカセのスイッチを押した。

そして、コック帽をかぶったまま走ってきて、亘理たちと一緒に目を閉じて立つ。

「♪メグミナチイココー」

野添が歌う民族舞踊風の曲が流れ出すと、みんなは体を左右に揺すった。しばらくそうした後、パッと片手を空にかかげてスクワットのように腰を落とし、また立ち上がってゆらゆらと揺れて手拍子をし……。みんなで、真剣に踊った。新入りの朝田も、ぎこちなかった神戸も完璧だ。

舞(まい)を終え、亘理はハアハアと息をしながら客たちを見た。

「UFO来たのか？」

「あ、あれは？」

「えー、どこ？」

みんなは眩しさに目を細めながら、空を見上げている。

UFOが来てくれたかどうか、それはわからない。でもみんなが笑顔で上を向いている。それでいい。

朝田は何事もなかったようにキャンピングトレーラーのキッチンスペースに戻り、次の料理の説明を始めた。

「次は肉料理、本日は羊の肉をご用意しました」

ローストされたマトンの肉が、それぞれの皿にサーブされていく。鮮やかな色をした肉の周りには、グリーンやオレンジ、黄色の、野菜ソースが添えられている。まるで皿の上に花が咲いているようだ。

「神戸さんの羊たちは富永農場のトマトを食べて育っているそうです。肉質は非常に柔らかく、脂の癖もないスッキリとした味わいです。どうぞ、お召し上がりください」

朝田に変わり、神戸がぎくしゃくと出てきた。

「神戸ちゃーん！」

潮莉の声援が飛び、神戸は小さく頷いた。

「虹色ファームにやって来て、三か月で寺田のおじさんはニュージーランドに旅立ちました。今はひとりでやってます」

神戸の言葉に、みんなから「いいねえ」と声が飛ぶ。

「その頃の僕は、羊の肉が食べられない、ダメな牧場主でした。でも、初めて食べたうちの羊の味が、僕に目指すべき牧場の形を示してくれました。大人の羊は香りが強いと敬遠されるけど、それこそ、羊のうまみなんです。僕はこの成熟した肉にこそ、羊本来のうまみが詰まっていると思います。おいしいは、美しい味と書きます。美しいという字は、羊が大きいと書きます。潮風を浴び、トマトを食べて大きく育ったうちの羊、虹色ソースと一緒にお召し上がりください！」

やっぱり神戸は、仔羊は食べてほしくないらしい。今はまだ生後1年未満のラムも出荷しているが、ゆくゆくはマトンだけでやっていきたいようだ。神戸が行きついた答えなのだろう。それはそれで、とても神戸らしい。亘理も応援しようと思っている。

神戸は、マトンを食べている客たちの顔を不安げに見ている。

「おいしいよー！」

潮莉が神戸に向かって叫んだ。

「うん、うまい！」

客たちも拍手を送った。

「これからもっと食べ物を改良して、いつかマトンこそがおいしい羊だと思ってもらえるように頑張ります！」

神戸は深々とおじぎをした。

しだいに陽も傾き、涼しい秋の風が吹いてきた。海の上に広がる空の色が、水色から、かすかに紫がかった淡い色に変化していく。

「最後の料理は、設楽牧場で作ったチーズを使用した創作料理です」

朝田が紹介すると、亘理はカッティングボードを手に、緊張した顔つきでテーブル席に歩いていった。そして、テーブルの真ん中あたりに座っている佐弥子のもとにやってきた。両隣のこと絵と美智と談笑していた佐弥子が、驚いて振り返る。

「今日お出しする、僕の作ったチーズです」

カッティングボードの上には、薄く切ったチーズがのっている。

「お願いします」

亘理が差し出すと、佐弥子はほかの客たちの顔を見回しながら遠慮がちにチーズを手に取った。そして目を閉じ、ぱくりと口に放り込んだ。みんなの視線が集まる中、佐弥子は目を瞑ったままチーズを味わった。

「んんーーー」

佐弥子が声を上げた。

「……おいしい」

ああ、と、佐弥子は長い息を吐いた。そしてゆっくりと目を開けて亘理を見つめた。まさにとろけるような笑顔を浮かべている。

「ありがとう」

佐弥子は亘理に丁寧に頭を下げた。

「こちらこそ、ありがとうございました……」

亘理は震える声で、体を二つに折り曲げるようにして頭を下げた。

その様子を見届けて、他のギャルソンたちが次の皿を運び始める。朝田は湯が沸騰している小鍋の上で、チーズグレーターを使ってチーズをおろす。

「えー、改めまして」

亘理は客たちに向き直った。

「僕たちは最近、大事な仲間を失いました。集まれば、いつまで経っても学生気分の抜けない僕たちを叱る先生であり、人生の師でした。今でも目を瞑れば、師匠の姿が瞼(まぶた)の裏に現れます。残されたものができるのは、生きること。それだけなんだと……知りました。今、僕は思います。どうせ生きることしかできないんだから、力いっぱい悩んで、遠くまで寄り道して、僕たちにしかできない人生を謳歌(おうか)しようじゃありませんか」

亘理が心をこめて言うと、

「イェイ！」

「ヒューヒュー！」

野添と神戸が拍手を送った。客からも拍手が沸き起こる。

「これから季節ごとに僕たちは、作ったものを持ち寄ってレストランを開きます。またのご来店を心よりお待ちしております。本日、最後にお出しするのは、一口で、僕らのすべてが味わえる……その名も『空と海と大地のミルフィーユ』です」

「おおおーーー」

客からため息が漏れた。

マトン肉と魚介類を使ったバーガー、大豆を使ったバンズ、そして隙間には玉ねぎがはさまれ、てっぺんにはプチトマトがのった色鮮やかなミルフィーユだ。

「そして、今おかけしているのは、大谷さんが僕たちに残してくれた十年物のパルメザンです」

亘理のチーズがとろりとかかり、その上に雪のような大谷のパルメザンが降る。

「どうぞ、お召し上がりください！」

「いただきまーす」

客たちはナイフとフォークを使って食べ始めた。

「おいしい……」

目を瞑ってその味をたしかめていた佐弥子は、涙声で呟いた。

「おいしい！」

そして潮莉が無邪気な声を上げた。

ふたりの間に座っていたこと絵の顔にも笑顔が広がっていく。

亘理たちは全員並んで、客たちの様子を見ていた。おいしいものを食べてしあわせそうにしている人たちを見ていると、自分たちも満たされた気持ちになる。

「石さん、大地の隣にいる女の子って……」

と、芳樹がこっそり、隣に立つ石村にささやいた。

「ああ。あの野郎、ちゃっかり連れて来やがった」

大地の隣には白いダッフルコートを着た、髪の長い女の子が座っている。コートを着ていても、胸がかなり盛り上がっているのがわかる。

「あれはたしかに噂通りの……」

亘理が石村と頷き合ってると、

「大きさですね」

神戸が呟く。

「おまえ、そっち派か」

芳樹が神戸を見た。

「あ、いや、ちがっ」

神戸は顔を真っ赤にして否定する。

「この、ムッツリ野郎」

芳樹がここぞとばかりに冷やかしたとき、

「ご招待、誠にありがとうございました」

稲熊が近づいてきた。

「いえいえ、こちらこそ、ありがとうございます」

芳樹は慌てて、しゃきっと背筋を伸ばす。亘理たちも、今日はありがとうございます、と、稲熊に頭を下げた。

「大変おいしかったです！　トマトがあんなにおいしいものだとは！　私、感動しました！」

稲熊はいきなり芳樹の手を取ったかと思うと、感極まって抱きついた。

「ああ、あああ……」

芳樹は直立不動で、稲熊の抱擁を受けていた。と、ほかの役場の職員たちも近づいてきて、おいしかったです、と、亘理や石村たちの手を取った。

「町としてみなさんの活動をサポートさせていただきたい」

ようやく芳樹から離れた稲熊は、亘理たちの顔をひとりひとり、見た。

「ありがとうございます！」

「よろしくお願いします！」

あまりにも意外な展開だったが、亘理たちは喜びに声を合わせた。

「いいぞー！」

客たちから拍手が起こる。

「すごいよ、ヨシくん」

「ヨシ、やったじゃねーか」

みんなが芳樹をたたえていると、潮莉が駆けてきた。

「お、しおちゃーん」

亘理が抱きとめようと両手を差し出すと、潮莉はスルーして一番端にいた神戸のもとに走っていく。

「神戸ちゃん、ごちそうさまでした」

潮莉は神戸の前でちょこんと頭を下げた。

「どうでしたか？」

神戸は膝を曲げ、潮莉と目線を合わせる。

「羊さんが、いちばんおいしかったよ」

潮莉はとびきりの笑顔を神戸に向けた。

「え？」

神戸と亘理が同時に声を上げた。

「本当ですか？」

「え？　しおちゃん、パパのチーズは？」

亘理が尋ねたが、潮莉はニコニコしたまま神戸をじっと見つめている。

「やったー！」

神戸はガッツポーズだ。

「亘理ヤバいな」

「女はイケメンに弱いからな」

「そうそう。仕方ねえよ」

石村と芳樹が亘理を慰める。

「は？　しおちゃんは渡しませんよ！」

亘理は慌てて潮莉を抱き上げた。

「しおちゃん、パパのチーズでしょ？　パパのチーズがおいしかったんでしょ？」

でも潮莉は返事をしない。

「あ！」

さっきからニコニコと笑っていた野添が天を指した。

「UFO！　UFOだ！」

野添は夕焼けに染まり始めた空を指しながら、海が見える方角に走り出す。

「マジか！」

「うそー！」

亘理たちも野添を追っていく。

「ほら！」

野添はある一角を指さした。

「あの雲のあたり？」

亘理はよくわからずに、首をかしげた。

「いやー、ダンスの甲斐があったね！」

野添は満足そうだ。

「大谷さん、亘理が心配で、乗せて来てもらったんだな」

芳樹が腕組みをして頷いた。

「大谷さーん！　俺は……俺の世界一のチーズを作りますから！」

亘理は空に向かって叫んだ。

「大きく出たな、ぉい」

石村が呆れたように言う。

「そりゃそうでしょ。うちのレストランは、世界一ですから」

「違いますよ。宇宙一です」

「神戸ちゃんも言うねぇ」

「みなさーん、実は、デザートもありますよぉぉ」

そこに、朝田の声が聞こえてきた。焼きたてのタルトがのったプレートを持っている。

「デザート？ 聞いてないけど？」

「あいつ、なに勝手なことやってんだよ……」

「でもめっちゃうまそうじゃん」

亘理と石村と芳樹は首をかしげながらも、テーブルの方へ走り出した。

「僕は知ってたよ」

野添は得意げだ。

「僕も食べたい！」

神戸が大きな声を上げて、潮莉と一緒に走り出す。

「何これ？」

客たちは朝田の手元をのぞきこんでいる。

「洋梨のタルトです！」

朝田は得意げだ。

「あ、コーヒー淹れなきゃ！」

野添がコーヒーの支度にとりかかる。

「デザートは朝田さんが勝手にやったんだよ。まったく」

亘理はこと絵と並んで、すこし離れたところからみんなの様子を見ていた。

「みーんな、笑ってたね」

こと絵が嬉しそうに言う。

「……うん」

「今日が今までで一番おいしい『いただきまーす』だったなー」

「まだまだ、これから、あと……六万回ぐらいは一緒に言うんですから」

亘理はこと絵の顔を見た。

「毎日楽しみですね」

　こと絵も亘理の顔を見る。

「ですね」

　亘理はこと絵の手を取った。

「さぁ行こう！」

「うん！」

　淡い夕暮れの空の下、亘理とこと絵はしっかりと手をつなぎ、みんなの方に向かって走り出した。

　緑の丘に秋の風が駆け抜けていき、目の前に広がる海が、穏やかに凪いでいた。

大谷佐弥子さま

佐弥子さん、お元気ですか。

先日はそらのレストランにお越しいただき、ありがとうございました。

青空の下、佐弥子さんの笑顔が見られて本当によかったです。


今日は嬉しい報告がひとつあります。

潮莉が補助なしの自転車に乗れるようになりました。

最初はコンクリートの道を十メートルほど走って……その後はどんどん上達して、角を曲がることもできるようになりました。


潮莉が補助なしの自転車に乗りたいと言い出したのは、ちょうど亘理くんが落ち込んでいる頃でした。

もしかしたらあの子なりに、亘理くんを応援しようと思ったのかな、なんて思ったりもしています。

子どもの成長は早いですね。

牛も、野菜も、草花も……どんどん、どんどん、成長していきます。

これから長い冬がやってきますが、お身体に気をつけてくださいね。

そらのレストラン、次のメニューはどうしようかと、亘理くんたちは今から考えているようです。

楽しみにしていてください。

ではまた、お手紙書きますね。

本書は、映画『そらのレストラン』をもとにノベライズしたものです。

プロフィール

土城温美（どき はるみ）

演出家、脚本家。早稲田大学を卒業後、主宰劇団 ジーモ・コーヨ!を旗揚げ。最近の仕事に、アニメ『エンシェンと魔法のタブレット～もうひとつのひるね姫～』（監督：神山健治）脚本、NHKスペシャル「人体」PRドラマ『コンデラタロウ』脚本、TBS連続ドラマ『ホクサイと飯さえあれば』脚本、『I Love Musical 第4弾』構成・演出、奏劇『ライフ・コンチェルト』脚本など。映画『そらのレストラン』では脚本を担当。

深川栄洋（ふかがわ よしひろ）

1976年9月9日生まれ。千葉県出身。専門学校在学中から自主映画を制作。PFFアワードで『ジャイアントナキムシ』（00）、『自転車とハイヒール』（01）が2年連続入選を果たす。04年『自転少年』で商業監督デビューし、翌05年『狼少女』で劇場用長編映画を初監督。『60歳のラブレター』（09）のスマッシュヒットで一躍脚光を浴び、『白夜行』（11）、『洋菓子店コアンドル』（11）、ヒット作『神様のカルテ』（11）といった人間ドラマでその手腕を発揮する。以降、『ガール』（12）、『くじけないで』（13）、『神様のカルテ2』（14）『トワイライト　ささらさや』(14)、『サクラダリセット』2部作(17)、『いつまた、君と 何日君再来』(17)など、コンスタントに話題作を発表し続けている。初プロデュース映画『ヌヌ子の聖★戦～HARAJUKU STORY～』が18年公開予定。映画『そらのレストラン』では監督・脚本を担当。

百瀬しのぶ(ももせ しのぶ)

映画・ドラマのノベライズ、ノンフィクション、児童書等を中心に活動する作家・フリーライター。近著に『小説ラヴァーズダイアリー』(PARCO出版)、『レシピにたくした料理人の夢 難病で火をつかえない少年』(角川つばさ文庫)。ノベライズ作品に、『彼らが本気で編むときは、』(PARCO出版)、『昼顔』(扶桑社)など。

そらのレストラン

2018年10月31日　第1刷
2019年 1 月23日　第2刷

脚本　土城温美、深川栄洋
ノベライズ　百瀬しのぶ

カバーデザイン　印南貴行（MARUC）、常盤美衣（MARUC）
DTP・校正　アーティザンカンパニー

発行人　井上 肇
編集　坂口亮太、熊谷由香理
発行所　株式会社パルコ　エンタテインメント事業部
〒150-0042　東京都渋谷区宇田川町15-1
電話　03-3477-5755

印刷・製本　図書印刷株式会社

ISBN978-4-86506-282-3 C0095

Printed in Japan